CB015747

EDIÇÃO GERAL
Sonia Junqueira

ASSISTENTE EDITORIAL
Julia Sousa

REVISÃO
Lorrany Silva

DIAGRAMAÇÃO
Christiane Costa
Juliana Sarti

ILUSTRAÇÕES
Christiane Costa

CAPA
Christiane Costa

Dados Internacionais de Catalogação na Publicação (CIP)
(Câmara Brasileira do Livro, SP, Brasil)

Brunacci, Bel
A estranha viagem da garota de cabelo azul / Bel Brunacci ; ilustração Christiane Costa. -- Belo Horizonte : Yellowfante, 2023.

ISBN 978-65-84689-92-3

1. Ficção - Literatura juvenil I. Costa, Christiane. II. Título.

23-158960 CDD-028.5

Índice para catálogo sistemático:

1. Ficção : Literatura juvenil 028.5

Eliane de Freitas Leite - Bibliotecária - CRB 8/8415

A **YELLOWFANTE** É UMA EDITORA DO **GRUPO AUTÊNTICA**

Belo Horizonte
Rua Carlos Turner, 420
Silveira . 31140-520
Belo Horizonte . MG
Tel.: (55 31) 3465-4500

São Paulo
Av. Paulista, 2.073 . Conjunto Nacional
Horsa I . Sala 309 . Bela Vista
01311-940 . São Paulo . SP
Tel.: (55 11) 3034 4468

www.editorayellowfante.com.br
SAC: atendimentoleitor@grupoautentica.com.br

BEL BRUNACCI

A estranha viagem da garota de cabelo azul

ILUSTRAÇÕES:
Christiane Costa

FSC
www.fsc.org
MISTO
Papel | Apoiando
o manejo florestal
responsável
FSC® C092828

2021
CARBON
NEUTRAL
SAVE
cerrado

Este livro é dedicado à memória de minha mãe, primeira incentivadora de minhas leituras, que não está mais neste plano, mas com certeza adoraria ler esta narrativa.

DUBLIN

SUMIÇO

Faz quase três anos que não vejo minha avó. Ela voltou para casa poucos dias antes de começar a terrível pandemia de covid-19 que extinguiu milhares de vidas no mundo inteiro. Minha família morava lá, na capital brasileira, no mesmo prédio de meus avós, dois andares abaixo do deles. Eu, meu irmão Gabe e nossos pais, que resolveram sair do país, mudar para Dublin, menos de um ano antes das primeiras notícias de que um vírus letal estava provocando muitas mortes na China.

Minha avó ainda veio ficar conosco por um mês. Mas voltou. Chegou a Brasília exatamente no início da pandemia no Brasil. Tivemos notícias dela e de meu avô durante o isolamento para evitar o contágio. Minha mãe falava com eles todos os dias, e estava tudo bem, estavam levando a vida sem maiores problemas, enquanto esperavam que a pandemia acabasse e eles pudessem retornar à vida normal. Mas de vez em quando ela me perguntava "que normal?". Minha avó não acreditava que pudesse haver um "normal" depois dos milhões de mortes que ocorreram e ainda ocorrem em focos esparsos pelo continente americano.

Vovó tinha muita consciência de que esses milhões de vidas perdidas deviam ser debitadas na conta da desigualdade, que, segundo ela, atingiu um de seus maiores índices quando a tragédia acometeu os países latino-americanos. "Foram pegos no contrapé", dizia. "Os pobres morrendo que nem moscas", continuava. Nas últimas vezes em que conversamos, via internet, ela disse estar sentindo o ar tomado pelo mau cheiro da morte. "Os jornais e as tevês escondem, mas tem muita gente morta nas periferias." Ela mantinha um difusor de aromas na sala, onde colocava óleos essenciais de plantas que "tinham propriedades que purificavam o ar, afastando micro-organismos e também o odor que pairava no ar pesado". E ela sabia que as pessoas estavam morrendo em massa nos arredores da cidade, porque sua diarista de muitos anos, que ela continuava pagando para ficar em casa protegendo a família, tanto da epidemia quanto do crime organizado na maior favela do país, mandava fotos e vídeos da situação nas ruas.

"Não é paranoia minha, não, querida", ela dizia sem olhar para a câmera do celular, talvez mirando o cenário que descortinava de sua janela, o mesmo que tantas vezes fotografou para postar em suas redes sociais, mostrando sua "janela privilegiada". Sim, meus avós moravam em uma quadra linda, muito arborizada, com um pequeno bosque que se orgulhavam de terem ajudado a plantar. Ela publicava lindas fotos, no tempo em que as redes sociais ainda não eram regulamentadas. Minha avó até iria gostar de saber que agora há uma legislação mundial para essas plataformas. Tem muito lixo, muita escória humana, muitos sentimentos baixos, vivia dizendo. Às vezes eu ria, achando que ela exagerava, mas depois fui vendo o uso que certas correntes políticas faziam das redes sociais para sabotar as medidas de contenção da pandemia, com chantagens que aterrorizavam as populações, não só a do meu país... Sim, ela dizia que era um movimento combinado, de escala global, que dependia do baixo grau de conhecimento das pessoas para conseguir adesão. Na época eu achava que ela exagerava, cheguei a pensar que estava um pouco fraca das ideias e meio obcecada com essas teorias da conspiração. Tipo, a pandemia está deixando minha avó meio louca, sabe?

Bem, assim iam eles no isolamento social, a gente se falando todo dia, até que a conexão sumiu. De repente. Nem internet, nem telefone fixo, nada funcionava. Nada dava nem sinal para avisar defeito ou corte por falta de pagamento. Desesperada, minha mãe pediu a minha madrinha que fosse lá ver o que havia acontecido. Tinha uma chave do apartamento com ela, pois meu avô dizia que velhos, quando moram sozinhos, têm de deixar uma chave de casa com alguém de confiança. Ela foi e logo depois avisou que o apartamento estava vazio.

– Amiga, o apartamento está vazio e o carro não está na garagem. A cama deles está desarrumada, tem louça suja na lavadora.

O porteiro disse que os dois haviam saído de carro fazia dois dias e até mostrou a ela a gravação das câmeras de vigilância do condomínio. Dinda Nanda viu os dois descendo pelo elevador, conversando, de máscaras. Minha avó carregava, além da bolsa, um frasco de álcool e flanela; a câmera da garagem mostrou que limpou a maçaneta do carro antes de abrir a porta.

Com certeza deve ter borrifado volante, alavanca de câmbio e todo o painel do carro, enquanto meu avô se sentava no banco do carona. Foi a última vez que o porteiro os viu. Pensou que tivessem viajado, mesmo não tendo visto malas junto com eles.

– Nanda, abre o armário do quarto e olha dentro de uma caixa branca se tem documentos lá, por favor.

– Não tem, amiga!

– Algum dinheiro estrangeiro?

– Também não! Mas as roupas deles continuam nos armários. E as malas estão nos maleiros do *closet*.

Minha mãe chegou a pensar que talvez tivessem viajado, quem sabe pegaram um voo para fugir da pandemia... Mas como, se estava impossível sair do Brasil em voo comercial?!...

Gente, que desespero! Tínhamos falado com eles no dia anterior, e nem uma palavra sobre a viagem, a saída do apartamento, nada! Por isso minha mãe achou muito estranho esse sumiço.

– Eles não fariam isso – dizia mamãe.

Não sem nos avisar, porque sabiam da nossa preocupação com os dois sozinhos na capital do país, em plena pandemia, com um governo irresponsável, que anunciava no Twitter acreditar no método de "contaminação do rebanho" para que a população adquirisse imunidade contra o vírus. "Só que", mamãe dizia, "esse método provoca muitas mortes até o objetivo ser atingido." Minha avó e meu avô sabiam disso, comentavam nas nossas chamadas de vídeo. Minha mãe passou a conversar todos os dias com minha tia que mora na Austrália, tão perdida e preocupada quanto nós. As duas pensavam em várias hipóteses para o sumiço, mas logo descartavam todas. Listaram todas as possibilidades, "ah, quem sabe foram para a casa da bisavó! Ah, podem ter ido para Araxá, quem sabe? Talvez estejam no sítio da tia Dodoia, fazendo isolamento com ela e a Mércia, será?". Mas nada se confirmava, todas as chances de descobrir onde poderiam estar caíram, uma por uma...

Foram inúteis todos os esforços para localizar os dois, toda a mobilização das famílias, tios, tias, primos, primas, todos fizeram o possível, divulgaram o sumiço em todas as redes sociais, com fotos dos dois, até recompensa ofereceram! Nada. Minha mãe, desesperada, perdia noites de sono fazendo contatos em busca de informação e esperança, mas nada! Minha tia ligava para ela nos horários mais improváveis, para levantar sempre uma nova possibilidade, que logo era descartada.

Vovó tinha vindo para o meu aniversário de dezesseis anos. Foi uma festa e tanto, com todos os amigos e amigas que eu tinha feito em apenas seis meses morando na Irlanda. Minha avó veio trazendo de presente muitas coisas do Brasil que a gente amava e das quais sentíamos falta. Muitos agrados, muito afeto, muitos abraços e beijinhos. Muito carinho, muita comidinha gostosa, muita conversa. Meu avô ficou em casa, tinha medo do frio inverno daqui, dizia ele.

Hoje completo dezenove. Não tem festa, não tem alegria. Minha mãe finge estar animada, mas eu sei da sombra que não sai do seu olhar. Uma tristeza sem fim. "Se ao menos eu soubesse que eles morreram de covid e tiveram de ser enterrados sem velório, sem choro de família, se ao menos eu soubesse disso, ficava mais conformada. Mas o que mata é não saber." E hoje ela anda pela casa, parece que as lembranças se tornam mais vivas, e quanto mais vivas, mais ela quer saber. Eu subo para meu quarto, quero ficar sozinha. Gosto de passar horas no quarto, sem conversar com ninguém: hábito que mantenho desde que tivemos de fazer o tal isolamento social, que durou quase um ano e começou logo depois que vovó voltou para o Brasil.

Vejo no *hall* de entrada, perto da escada, um envelope com meu nome. Deve ser cartão de aniversário, o povo daqui adora mandar cartões em todas as ocasiões. Esse envelope não tem timbre nem remetente. Veio pelo serviço postal. No carimbo, vejo a palavra "Itália". Algum amigo ou amiga de lá se lembrou do meu aniversário e... mandou cartão?! Que estranho! Mas quem eu conheço na Itália? Só o Iago, primo da minha mãe, que foi fazer pós-doutorado, ficou preso lá durante a pandemia e não quis mais voltar para o Brasil.

Sentada na cama, abro o envelope e vejo uma chave numerada e um pedaço de papel. Tipo um bilhete: "tem uma coisa para você em um armário do guarda-volumes de"... alguma estação de trem ou aeroporto. Ou: "se você está lendo isto é porque"... ah, deixa pra lá. Preciso parar com essa mania de pensar em clichês daqueles filmes e séries que via com minha avó. Que nada! No bilhete, sem data, tem apenas:

Saudade. Rememore nossa viagem.
Te amo.

Vovó.

PROMESSAS

"Quando terminar seu curso de inglês nós vamos fazer uma viagem para você treinar", ela me disse. Promessa da minha avó era para valer. Passei meses sonhando com a viagem. Era para Londres, passando em Paris. Eu falava: "vamos planejar". E ela: "nada, sem planejar é melhor, uma sucessão de surpresas. Vai que a gente resolve gastar mais tempo que o planejado em um lugar...". Assim era a vovó, adepta das viagens a esmo, mesmo que isso custasse mais caro. E assim foi que, no finalzinho do ano, embarcamos para chegar a Paris em tempo de assistir à queima de fogos do Ano-Novo. O irmão dela mora lá. Quer dizer, não sei se ainda mora. Ele também não nos deu mais notícias depois da pandemia. Não atende às chamadas de minha mãe pelo celular nem pelo telefone fixo.

Nossa viagem foi bem antes da mudança de minha família para a Irlanda. Naqueles tempos havia outros temores no ar, sabe? Muitos protestos dos tais coletes amarelos, repressão policial. "É o espectro rondando a Europa", minha avó me dizia, com ar de mistério. Eu nem perguntava que diabo era isso, porque sabia que viria uma aula de política. O inverno em Paris foi rigoroso mas agradável, ainda mais para mim, tudo novidade. O tio Branco, muito feliz, muito bem-humorado, deixava claro que estava amando nos receber. Emprestou para nós seu estúdio, perto da Praça da Bastilha, que fervilhava em movimento e em manifestações.

Dormíamos na mesma cama grande. Vovó me mostrava a cidade com muito entusiasmo, falava francês nas lojas, e eu só a observava. Parecia uma cidadã do mundo, desenvolta e feliz. Vovô dizia que não há como ser infeliz em Paris, embora os parisienses pareçam todos mal-humorados e taciturnos. Algumas vezes pareciam nos olhar com raiva, porque ríamos em público. Chegamos a ficar duas horas na fila porque eu queria subir a Torre Eiffel. “Só mesmo por você”, vovó me disse. Foi a primeira vez dela também, esse era o tipo de programa que ela evitava em suas viagens. Por isso estava sendo diferente viajar comigo. “Turismo de adolescente”, dizia ela.

Quando eu nasci, meus pais moravam no apartamento dos meus avós maternos. Vivi lá até quase completar dois anos. Era com vovó que eu ficava nos finais de tarde, esperando que os dois voltassem do trabalho. Ela estava escrevendo a tese de doutorado, livros espalhados por todo o escritório, mas largava tudo pelas duas horas que passávamos juntas todos os dias, brincando, rindo, recebendo massagem *shiatsu* da tia Quequel, aprendendo a cantar a música brega da abertura de uma novela da tevê. Quando eu, por algum ou nenhum motivo,

chorava, era para os braços dela que queria ir, pois ela me dava "colo-em-pé-andando", como pedia sempre que me carregava. Tudo isso ela foi me contando enquanto eu crescia, sempre relembrando a curta convivência que tivemos debaixo do mesmo teto. E como ela e meu avô eram felizes por isso!

Meus avós sempre foram dois inconformados. Ele, economista, ela, professora de literatura. Ele, funcionário público, de escritório, ela, em sala de aula, preferindo sempre trabalhar em rede pública de ensino. Os dois muito politizados, militantes de um partido que venceu as eleições no Brasil antes de eu nascer. Cresci durante um período de segurança democrática raro no nosso país. Até que veio um golpe, quando eu tinha doze para treze anos. Os conservadores tomaram o poder. Aí começaram as "reformas" que levaram o Brasil para o buraco onde ele se encontrava quando veio a grande pandemia. Vovô às vezes ouvia as explicações dela e emendava aqui e acolá com algumas informações. Tudo isso

minha avó me explicava, a ponto de às vezes eu me cansar de ouvi-la falar de política.

Vocês estão tendo uma ideia de como eram meus avós, né? Por isso resolvi escrever esta história, depois de receber o envelope com uma chave e um bilhetinho lacônico, mas amoroso. Vou tentar contar, em tempo real, quando der, tudo o que me acontecer como desdobramento desse fato. Sim, porque aquele envelope não chegou às minhas mãos por acaso, havia um propósito da minha avó nisso. E eu vou descobrir qual é. Ah, se vou!

Conhecendo aquela idosa como eu conhecia – ela ia rir ouvindo-me chamá-la de idosa – e tendo certeza de que ela também me conhecia muito bem, sei que deve ter alguma consequência do fato de eu receber a chave e o bilhetinho. Ela queria que eu procurasse alguma coisa! "Rememore nossa viagem." Ora, fiz muitas viagens com eles, junto com meu irmão Gabe, de carro e de avião. Viagens para cidades de praia, para visitar os parentes dos dois lados, para assistir a formaturas de primos. Viagens para passar festas de Natal e Ano-Novo, com encontros, reencontros e desencontros familiares e todas as tensões e alegrias que essas ocasiões trazem. Viagens para passar dias fazendo turismo em cidades históricas, conhecendo grutas enormes, visitando cachoeiras deliciosas. De tudo um pouco. E sempre ouvindo as explicações deles, ah, esse era o Jorge Amado, que escreveu... Olha, aqui viveu o poeta Drummond... Ah, vejam, eram assim a casa grande e a senzala, aqui ficavam os humanos escravizados... E assim íamos, viajando e aprendendo com os dois. Meu avô sempre brincava: "hoje é dia de *almuerzo* cultural *con Anabeeelll...*". E a gente ria muito quando ele imitava o jeito professoral de vovó falar!

Sabiam que a palavra "utopia", em grego, significa "lugar nenhum"?, ela disse num desses almoços, certa vez. "Ihhhh, lá vem aula", eu e meu irmão fomos logo dizendo. Daí meu avô: "e 'distopia', o que significa em grego?". Ela pensa um pouco e dispara: "lugar ruim"! "*Dys*", em grego, é "ruim", "mau". Gabe estava estudando a história da Primeira Guerra Mundial e se lembrou: então a Europa era uma distopia durante a Primeira Guerra? Meu avô: todas as guerras são uma distopia, não acham? Eles eram assim: adoravam um *almuerzo* cultural!

E toda viagem era resultado de uma promessa dela. Minha avó era pródiga em promessas. Disse ela que certo escritor – Guimarães Rosa, que ela amava! – lhe ensinou que só o ato de prometer já é, em si, uma coisa dadivosa (sim, ela usou essa palavra!), porque a pessoa que recebe a promessa antecipa a felicidade de ver o prometido acontecer. Uma vez fez isso com o tio Lelo, irmão dela. Prometeu a ele que lhe daria o carro que estivesse usando quando saísse vitoriosa de uma ação trabalhista na justiça.

– Qualquer carro? – ele perguntou.

– Qualquer carro, novo ou velho, tá? O que estiver comigo.

Meu tio ficou muito feliz. Isso já faz mais de trinta anos, e o processo ainda estava engavetado, quando nos contou que "só no Supremo Tribunal ele já está há seis anos!", ela disse. Bem, do dia em que fez a promessa até quando esteve conosco, há três anos, ela havia trocado de carro umas quatro vezes. E a cada carro que comprava, ligava para o tio Lelo:

– Seu próximo carro será um Gol... um Sandero... outro Sandero... um Honda...

E o tio sempre renovando a felicidade de receber a promessa!

Assim foi que chegamos à promessa de que, quando eu me formasse no curso de Inglês, faríamos uma viagem a Londres. Inicialmente, era só até Londres, passando por Paris antes. Mas vovó sempre foi imprevisível e acabamos indo também a Edimburgo e Liverpool. Ainda bem, porque foi a viagem em que vi a neve cair pela primeira vez!

Então começo a pensar no bilhete. A viagem para rememorar só pode ser aquela última, que fizemos apenas nós duas. Eu tenho de refazer todo o percurso ou é só puxar pela memória? Como reconstruir passo a passo tudo o que fizemos? Se eu me deitasse e fechasse os olhos, conseguiria rever tudo, desde nossa saída do Brasil para Lisboa; a espera do voo para Paris, quando aproveitamos para comprar roupas pesadas de frio, porque só levávamos roupas mais finas, tipo segunda-pele, blusas de malha, meias, calças de algodão e de moletom, botinhas, echarpes. Ela me deu um casaco azul, impermeável, com capuz de bordas felpudas, tipo um pelo sintético. Comprou um casaco de feltro, cor-de-rosa, que ia até os joelhos. Estamos com eles em todas as fotos da viagem, é até engraçado.

As fotos! Ela me mandou um álbum de fotos da nossa viagem. Está salvo no meu laptop, ainda bem. Vou dar uma olhada nelas outra vez, quem sabe acho alguma pista...

FOTOS... ALGUMA PISTA?

– Mãe, você não vai acreditar no que eu recebi pelo correio.

Minha mãe aguarda, talvez pensando que fosse cartão de alguma amiga. Quando digo que é um bilhete da vovó, ela fica branca. Entra no meu quarto, e eu já estou com as fotos da minha primeira viagem internacional – e também a última com minha avó – abertas na tela.

Mostro o envelope – Italia (sem acento mesmo!) – com a chave e o pequeno pedaço de papel. "É a letra dela", diz mamãe, sem fôlego, olhos arregalados. "Mas como? Não tem data de postagem no envelope?" Tinha, mas ficou borrada. Deve ter molhado. Agora meu irmão já está também no meu quarto: "deixa eu ver, cadê a chave? Olha, tem um número! Mãe, tem o número 817! O que isso quer dizer?".

Minha mãe inspira. "Calma, gente, vamos nos acalmar." Nessas horas, ioga e meditação a ajudam. Na verdade, quem precisa se acalmar é ela. Seus olhos verdes estão com um brilho novo, que eu não vejo há quase três anos. E ela corre a ligar para minha tia na Austrália, nem olhou a diferença do fuso horário, ia acordar a tia Natty, mas precisava contar a ela da chave e do bilhete.

Tanta coisa aconteceu nesse tempo!

Quando a pandemia começou, eu estava no ano de transição para o ensino médio. Ninguém imaginava que o isolamento duraria mais de um ano. Dezoito meses sem ir à escola, assistindo a algumas aulas em plataformas virtuais, saindo raramente de casa com máscara e luvas. Dezoito meses vendo meus amigos e amigas apenas virtualmente, conversando a distância. Depois, a lenta retomada, sem notícias dos meus avós, uma tristeza que demorou muito a se dissipar. Hoje, completo dezenove anos no final do ensino médio, mal podendo esperar a hora de ser aceita por uma universidade. Para qual curso? Isso eu conto depois. Agora preciso fazer uma busca no álbum de fotos que minha avó me mandou. Vai ser um longo trabalho, porque ela fotografava demais, rindo e pedindo poses. Ah, vai ser dureza, viu!

Resolvo, com minha mãe, repassar as fotos da viagem em ordem cronológica. Minha avó separou em pastas: Lisboa ida e volta; Paris ida; Londres; Edimburgo; Liverpool; Paris volta. Ela quer dividir as pastas entre nós duas, mas eu recuso. Preciso ver todas. "Rememore nossa viagem." Muitas dessas fotos foram para o Instagram.

Eu, que nunca tinha ligado muito para esse álbum, faço agora uma verdadeira imersão nas lembranças da viagem. Nós em Lisboa, no aeroporto, esperando por sete horas a conexão para Paris. Tomamos café da manhã com *croissants* fresquinhos, e depois íamos tratar de comprar agasalhos. Nítidas lembranças, mas apenas duas fotos.

Logo começo a ver Paris. A rua do tio Branco, ele sorridente. Nós duas, com caras de cansadas, andando pelas ruas decoradas para o Natal e o Ano-Novo. É dia 31 de dezembro. Já passamos pela Place des Vosges, pelo Marais, pelos jardins da Prefeitura de Paris, pela Notre-Dame, em obras de recuperação depois do incêndio que derrubou uma de suas torres. Minha avó criticou nas redes sociais os ricos brasileiros que fizeram doações para as obras da Notre-Dame, mas ignoraram solenemente o incêndio que destruiu nosso Museu Nacional em 2018. "Os ricos brasileiros são um bando de jecas com dinheiro", escreveu ela no Livro das Caras, como chamava o Facebook, rs.

Fiquei impressionada com o tamanho do estúdio do tio Branco. Nunca tinha visto alguém viver em vinte e três metros quadrados de sala, cozinha minúscula e banheiro idem, além das empregadas domésticas no Brasil. Minha avó contava que, certa vez, uma delas morreu no minúsculo banheiro e foi quase impossível abrir a porta para retirarem o corpo. Dizia que a chamada "dependência de empregada" dos apartamentos é uma atualização da senzala.

Tio Branco era claramente um guardador de coisas, como percebi ao olhar em redor: tinha berimbau, didgeridoo – duas tigelas tibetanas que emitiam um som contínuo e prolongado quando ele friccionava as bordas com um instrumento de madeira. Em frente a um grande armário de portas espelhadas, entre as duas janelas grandes, havia um pequeno altar de mosaico dourado, com pelo menos três divindades diferentes, de diferentes religiões e países. Perto da cozinha, uma mesinha presa na parede, que ele fechava quando não estava em uso. Tudo isso decorado com algumas cortinas para esconder a cozinha e a parte inferior de um balcão, que sustentava um laptop aberto e os modems de telefone fixo e internet. A parede acima desse balcão era cheia de post-its de diferentes cores e formatos, com senhas, lembretes, números de telefone. Muitos aromas deliciosos de óleos essenciais, de velas artesanais, de temperos e especiarias.

Fiquei de cara com a casa desse tio! No meio da sala, a mesa de massagens que ele usava para atender seus clientes de terapia energética. "Ele tem o dom", disse minha avó. Mas foi ali em cima que colocamos nossas malas, era o único lugar livre. Encostado na parede oposta à cozinha, um sofá-cama. Tio Branco mudou o leiaute do pequeno cômodo, de modo que pudemos abrir o sofá para dormir. Ele suspendeu a agenda de trabalho para nos receber. Dormia na casa da namorada, no último andar. Chegava por volta das nove horas, trazendo delícias para o café da manhã. Era tempo de *galette* dos reis, uma torta que vem com um presente-surpresa dentro, para celebrar o Dia de Reis, na tradição católica.

Tio Branco tinha com minha avó uma ligação especial. Ela era sua confidente e, nos dias que passamos lá, captei fragmentos de conversas que me fizeram crer que ele estava com problemas ou em apuros. Mas os dois foram muito discretos e me deixaram pensar que se tratava apenas de problemas de relacionamento com a namorada. Eu o chamava para sair com a gente, estava conhecendo Paris e queria que ele estivesse conosco. Mas ele se recusava. Apenas nestes momentos ficava um pouco azedo, dizia que odiava fazer turismo e andar de metrô.

E as fotos de Paris nos mostram fazendo turismo mesmo, pois eu queria ver tudo e minha avó ia comigo a todos os lugares. Fomos ao Centro Georges Pompidou ver uma exposição do Cubismo – ela amava Picasso! – e, de lá, fomos para a Torre Eiffel, para ver a Cidade Luz do alto, à noite. Passamos o dia no Jardin des Plantes, fomos ver a Grande Galeria da Evolução. Para minha avó, essa visita teve um sabor especial, porque ela estava em briga permanente com os criacionistas no Brasil. "Cuidado, vó, para não cair e pagar mico na frente do Darwin", brinquei com ela. E não é que ela, depois, postou a foto do Darwin nas redes sociais, acompanhada de uma leve provocação aos ex-amigos que apoiavam o governo conservador? Essa era minha avó.

"Anda, filha", disse minha mãe quando viu que parei nas fotos da Grande Galeria da Evolução. "Calma, mãe, estou relembrando! Pode ser que aqui tenha alguma dica!" "Pode ser", suspirou ela. Mas agora as fotos nos mostram no jardim, brincando com esculturas infláveis gigantescas de dinossauros e outros bichos. Eu na boca de um tubarão gigante, o muro com imagens ampliadas de todo tipo de vírus. "Tem cada vírus lindo", ela riu. "E também mortais", eu completava. Mal sabíamos que ainda veríamos muitos estragos e muitas mortes causadas por um desses...

Nossa!... Muitas fotos nossas pelas ruas, muita arte de rua também nas fotos. Minha avó sempre gostou de grafites e de toda arte de parede, fotografava tudo e me colocava para fazer pose ao lado de algumas. Nós duas e tio Branco perto do espelho d'água de esculturas coloridíssimas na praça ao lado do Centro Georges Pompidou; pena que no inverno o lago fica seco, mas mesmo assim tinha sua beleza.

Certa noite, resolvemos que iríamos para Londres no EuroTrem, aquele que passa por baixo do Canal da Mancha. Minha avó tratou de comprar os bilhetes *online* e, dois dias depois, embarcamos na Gare du Nord. Duas horas e meia de viagem até a estação St. Pancras, em Londres. Dali, fomos de táxi para o hotel, bem perto do Hyde Park. Antigo, mas bem decorado e limpo. Minha vó olha detalhes da limpeza do quarto e diz "tudo bem! Roupas de cama brancas e toalhas de banho bem macias. Isso é importante".

"E então, alguma coisa?"... "Calma, mãe, agora que estou chegando a Londres! Ainda tem muita foto para eu correr os olhos!" "Do jeito que ela era, aposto que você vai achar algo estranho em alguma foto de Londres", minha mãe divaga. "Ela lia os livros da Agatha Christie e do Conan Doyle..." "Você quer dizer, os do Sherlock Holmes, mãe?" "Sim, filha, ela adorava os livros e os filmes e as séries, qualquer coisa que tivesse Sherlock Holmes!" "E os da Agatha Christie também são romances policiais, mãe! Minha avó leu todos, tenho certeza! Uma vez ela me disse que adorava histórias de crime e mistério ambientadas em Londres, que era uma cidade com clima ideal para desenvolver esse tipo de narrativa, que havia também a história de Jack, O Estripador..." "Sim, ela conhecia essa tradição literária inglesa, leu Chesterton e Frank Tallis também, dizia que ele é mais psicológico..."

Quanto a mim, amei aquela cidade! Visitamos três museus maravilhosos: o de História Natural, o de Ciência e Tecnologia e... o de cera da Mme. Tussauds! "Afe, só você mesmo pra me fazer visitar esse museu", minha vó reclamou. "O que não se faz por amor a uma neta, né", eu lhe dizia com um beijinho... "E ela queria visitar a casa do Sherlock Holmes, a Baker Street fica perto do museu de cera, ela fotografou até a placa da rua, posou ao lado da estátua do detetive, em frente à estação Baker Street, e... sim, queria ir lá, era o número 221B, ela dizia, mas eu já estava cansada e não topei." "Bem, então pode descartar qualquer pista lá. Pelo menos reduz o raio de pesquisa", diz minha mãe. "Que nada!...", eu penso.

As fotos da visita ao Museu de História Natural, apesar de muito detalhistas, nada revelam de peculiar. Novamente a presença de Darwin, em imponente escultura de mármore branco. E com que alegria vovó fotografou esta citação em uma placa comemorativa do bicentenário do cientista:

(Algo assim, na minha tradução muito livre: "A liberdade de pensamento é mais bem promovida pela iluminação gradual das mentes dos homens que seguem o avanço da ciência".)

"Muito boa essa citação para colocar como legenda na foto dele nas redes sociais", disse ela provocativa.

Eu me lembro de muitos detalhes, e isso me surpreende, porque minha viagem com vovó foi antes de eu completar quinze anos. Sim, nós voltamos ao Brasil dois dias antes do meu aniversário, cinco meses antes de meus pais se mudarem para Dublin, um ano antes de ela vir nos visitar pela segunda e última vez – a primeira foi quando ela trouxe meu irmão Gabe, que havia ficado com os avós até a gente se estabelecer aqui – e quatorze meses antes de ter início a grande pandemia. Nunca nos sentimos muito distantes, apesar da falta física dos carinhos e beijinhos, porque conversávamos muitas vezes por semana, sobre tudo. As leituras que ela fazia, as novidades de meu avô sobre minhas tias e tios, as viagens deles para passar um tempo com minha bisavó, enfim, tudo. Durante o isolamento social, conversamos muito. Ela me contava que viajou morrendo de medo de se infectar, em um avião que tinha muitos brasileiros deixando a Itália, epicentro do contágio naquele momento, para voltar ao Brasil. Sentiu que a pandemia era uma grande onda, um tsunami, dizia, prestes a cair sobre ela enquanto corria em disparada para se abrigar.

Quando meus avós começaram o distanciamento social, no início de março de 2020, fiz questão de conversar frequentemente com os dois. Assim ia me inteirando não só do avanço do contágio, mas também da situação caótica em que estava o Brasil, com muitas mortes e altíssimo número de infectados. Uma vez eles me disseram que o número de óbitos havia batido o total da China, onde tudo começou. Para vocês terem uma ideia, a população chinesa é seis a sete vezes maior do que a brasileira. Proporcionalmente, dizia minha avó, esse número é seis ou sete vezes maior, porque se sabe que não há testes, imagine você!...

Mas isso não era tudo. Foi nesse período que começaram as proibições. Funcionários públicos fora de grupos de risco estão proibidos de ficar em casa, ao trabalho! As universidades públicas estão proibidas de suspender as aulas, voltem os estudantes já! As editoras estão proibidas de publicar e distribuir uma lista de livros, cale-se a literatura! Teatros e cinemas estão fechados por tempo indeterminado, cesse o drama! Museus estão proibidos de expor arte moderna e contemporânea, abaixo a indecência! Vovó ficava cada dia mais indignada e impotente, pois não podia sair de casa. Gritava solitária na sacada do apartamento, com vizinhos que apoiavam todas as medidas proibitivas. Dizia ela que o governo estava aproveitando o silêncio provocado pela pandemia para baixar medidas autoritárias. E ficava cada vez mais desesperada, usando as redes sociais para protestar. Até que desconfiou, achei que era paranoia dela, mas desconfiou que seus seguidores nas redes sociais estavam fazendo relatórios a seu respeito. Gente que ela não conhecia, perfis falsos, que ela chamava de robôs.

"Tá ficando tarde, filha... Quer ajuda?" "Precisa não, mãe, já olhei as fotos do Museu de História Natural e do de Ciência e Tecnologia. Agora vou para o museu de cera da Mme. Tussauds, quem sabe encontro alguma pista..."

Ela e eu no meio de todas as celebs reproduzidas em cera. Duas palhaças fazendo caras e bocas para os bonecos de cera. "Olha o ator que faz a série do Sherlock, o Benedict sei-lá-o-quê! E aquele outro, que fez o Sherlock no cinema, Robert Downey Jr. olha lá", ela dizia igual criança! E fotografa daqui, fotografa dali, fomos percorrendo o caminho narrativo do museu todo! "Nesta aqui ela está cochichando com esse idoso bochechudo... Hummm, braços cruzados, mas olha a mão esquerda meio escondida pelo braço direito... onde está essa mão?! Mãe, corre aqui, mãe! Quem é esse cara aqui, é ator?"

"Qual, este?" "Não, o outro, esse aí é o Picasso. Esse de terno!" "Esse?", diz minha mãe espantada... "Mas esse aí é o Hitchcock!" "Hitch... quem?" "Diretor de cinema britânico, fez *Psicose*! Eu sei porque a gente brincava com minha mãe que ela, quando ficava brava, trincava os dentes e vinha para o nosso lado... daí eu e minha irmã começávamos a imitar a música da cena do banheiro... trim, trim, trim, trim... todo mundo morria de rir!" "Mãe, foco, pelamor! Olha a mão esquerda da vovó nessa foto!" Ela arregala os olhos e pede: "amplia, vai, rápido! Minhas deusas! Ela está com a mão no bolso do paletó dele! Não acredito!". Meu irmão vem correndo e confirma: "está no bolso do paletó, sim!".

A gente pula, ri ou chora com uma descoberta dessas? Vó, sua louca! O que você estava aprontando enquanto eu me divertia com as personagens de Star Wars?!

* * *

Pausa para um esclarecimento: vou tentar fazer um relato em tempo real de toda a investigação que estou pensando em iniciar. Como você já deve ter notado, não tenho tempo nem paciência para ficar separando as falas de prováveis personagens – e as minhas também – com travessão, aspas, seja lá o que for. A não ser que o revisor, lá na editora, faça isso, vai continuar tudo junto e misturado nessa narrativa, então, leitora ou leitor, trate de ter atenção! Quando tiver tempo sobrando, eu capricho. Quando escrever na correria, vai de qualquer jeito. Não exija de mim que, além de seguir pistas, escarafunchar sentidos, correr atrás de esperanças (porque meu coração já começa a dar pulos só de pensar na possibilidade de meus avós estarem vivos, sei lá, escondidos e mandando sinais!), eu ainda escreva do jeito certinho e fácil de ler. Pronto, falei! (Revisor, é com você...)

AS MISTERIOSAS SAÍDAS *ou* NADA É O QUE PARECE...

Sempre fui muito dorminhoca, gosto de acordar tarde. Na viagem, vovó dizia que eu perdia muito tempo dormindo, que quem faz turismo acorda cedo, bate perna o dia inteiro e só volta para o hotel na hora de dormir, no maior cansaço. Por isso, várias vezes minha avó saía sozinha e eu ficava dormindo, na preguiça, ainda mais naquele inverno. Um dia ela ia em busca de uma lavanderia em Londres, no outro saía para ir ao minimercado em Edimburgo, também foi a uma loja de sombrinhas em Liverpool. Em todas essas vezes eu fiquei dormindo no hotel, e quando ela voltava parecia um vendaval entrando no quarto, abrindo cortinas, falando alto, "vamos que a vida é curta e o dia passa rápido no inverno!".

Agora, fico pensando: será que aquelas saídas eram só para fazer o que ela dizia mesmo? Quando entramos no Pret A Manger da estação Paddington, em Londres – um restaurante de comida saudável, fresca e barata! –, tive a sensação de que ela já era conhecida dos funcionários, que a atendiam sorrindo e fazendo perguntas amigáveis. "Eu desperto o que as pessoas têm de bom", ela dizia, "por isso me atendem bem..."

Minha avó conhecia muita gente no exterior. Tinha muitos amigos e amigas diplomatas e também muitos conhecidos progressistas de vários países, ela até me apresentou alguns amigos em Paris que apoiavam os sem-terra brasileiros, no dia em que fomos conhecer uma padaria anarcocomunista. Você vai ver que interessante, ela dizia.

O lugar se chama La Conquête du Pain (*boulangerie bio autogérée*) – calma que eu traduzo: A Conquista do Pão, padaria orgânica autogerida, algo assim, quer dizer, tipo uma padaria que não tem dono, ou melhor, não tem um proprietário nem empregados, minha avó me explicou. E ainda é solidária, pois não cobra dos sem-teto pelo pão nem pelo café. Achei muito bonito e acolhedor aquele ambiente. Minha avó conversava com os caras do balcão como se os conhecesse, mas não me disse se já os tinha visto antes. Bem, hoje penso que ela pode ter ido se encontrar com algum deles durante uma tarde em que fiquei curtindo preguiça no estúdio do tio Branco. Também pode ter ido se encontrar com alguém em Londres, nas duas vezes em que dormi até tarde; na primeira, ela me disse que foi à lavanderia e, na segunda, disse que tinha ido andar pelo Hyde Park. Estaria ela tentando construir uma rede de apoio? Será que já previa o que viria a acontecer no Brasil, que obrigou muita gente a sair de lá? Ela sempre dizia que, depois de 2016, tudo de ruim poderia acontecer...

"Bem", digo a minha mãe, "o jeito mais lógico de tentar descobrir o que minha avó pretendia com esse bilhete é refazer o caminho que nós fizemos naquela viagem." "Mas, filha, eu não posso sair assim, o trabalho na universidade está puxado, não posso nem pensar em viajar." "Então eu vou, mãe, preciso ir, sinto que posso descobrir o que houve com eles, o porquê do sumiço..." "Sim, filha, eu estava esperando que você dissesse isso. Você quer começar por Lisboa?" "Não, mãe, preciso seguir o percurso todo, deixo Lisboa para a volta, prefiro começar por Paris." "Bem, você pode procurar o meu tio Branco lá... quem sabe?" "Claro! É o primeiro ponto em que pensei! Vou à casa dele! Vamos finalmente ter alguma notícia, né?" "Mas você tem certeza de que pode fazer essa viagem sozinha, filha?..." "Mãe, acabo de fazer dezenove anos!"

Enquanto ela pesquisa preços de passagens de Dublin para Paris, eu penso que tenho uma tarefa a mais: desvendar o mistério das saídas solitárias de vovó, porque agora nada me parece gratuito naquela viagem, ou, como ela costumava dizer, fica esperta, lindinha, porque nada é o que parece neste mundão! Com quem ela se encontrava, sobre que assuntos conversava? Desde 2016 meus avós diziam estar se preparando para enfrentar tempos ruins no Brasil. Para eles a democracia havia sofrido um golpe e, com a divisão cada vez mais profunda da sociedade, tudo ia piorar. Havia uma tendência do povo a eleger governos autoritários, pressentiam que baixaria novamente sobre eles a escuridão das ditaduras. Por mais que as instituições parecessem estar funcionando normalmente, vovô e vovó não se convenciam de que pudessem viver na normalidade democrática outra vez. E eu só me lembro dela perguntando, nas nossas conversas durante a quarentena: "qual normalidade? Agora a midiazona", dizia, "está falando de um 'novo normal', mas lembre-se, menina, nada, nada mesmo, é o que parece!...".

Minha mãe e meu irmão vão comigo ao aeroporto. Visto o suéter de lã, presente da minha bisavó, e um casaco impermeável, calça jeans, meias e botas. Levo apenas meu mochilão, pouca roupa, porque este ano o final do inverno europeu já começa a parecer primavera, tudo muito diferente de quando eu e minha avó viajamos juntas. Abraços, recomendações, conselhos. Meu irmão me abraça, põe algo na minha mão e fecha meus dedos. O que é? "O escaravelho egípcio da vovó, ele vai lhe dar sorte nessa saga!" Eu rio, mas levo a sério. A imaginação fértil dele já está me atribuindo qualidades de personagem das sagas que ele tanto admira... Um último abraço apertado, mais algumas recomendações e... eu já dentro do avião, pronta para desbravar territórios conhecidos, mas agora

carregados dos mistérios que o bilhete de minha avó, as fotos da viagem e minhas lembranças me fazem ver com olhar novo.

Durante todo o voo eu penso nos dois, tão sorridentes na tela do meu celular quando conversávamos durante a quarentena, eu no meu quarto, eles em casa, ora cozinhando, ora arrumando, ora vendo filmes, escrevendo… Meu avô fazendo gráficos e planilhas com os números trágicos da pandemia, acompanhando diariamente as informações sobre casos da doença, óbitos, casos recuperados, número de leitos hospitalares disponíveis… e me mostrando tudo isso, orgulhoso de ter todos os dados na mão. E minha avó, alarmada a cada novo gráfico, dizendo que aquilo não ia acabar bem, os pobres estão morrendo como moscas (de novo, vó?), os números reais estão sendo falsificados, há subnotificação dos casos, tem de ver outras fontes... Fecho os olhos e cochilo. Por um instante, vejo os olhos verdes de vovó me olhando, amorosos, iguais aos olhos da minha mãe...

* * *

Estou na França, em um aeroporto pequeno da cidade de Beauvais; corro para pegar o ônibus que me levará à Porte Maillot, onde pego o metrô até a Praça da Bastilha. De lá até o estúdio do tio Branco é um pulo.

MAIS MISTÉRIOS. E AGORA?

Nunca me esqueço da senha para abrir o portão do prédio do tio Branco na rua Saint Sabin: A4B5. Faz parte daqueles números que guardamos na memória mesmo sem terem mais utilidade. Minha avó e eu a repetíamos alto, às vezes cantando, toda vez que entrávamos. Ficou na minha memória. Entro e toco a campainha do estúdio no primeiro andar. Uma, duas, três vezes. Nada. Penso em subir ao quinto andar, onde morava a namorada dele, Sylvia, que nos recebeu tão bem, muito carinhosa e gentil. Chamo o elevador. Mas ouço o barulho de uma chave girando na porta, me viro e dou de cara com o vizinho do tio, forço a memória para lembrar o nome e digo, meio hesitante: "*monsieur* Pierre...". Minha avó ficaria feliz se soubesse que estudei francês para valer desde nossa mudança para Dublin. Mas agora é que eu vou saber se consigo conversar, vamos ver!

"*Bonjour!*", digo, com um sorriso, e Pierre responde. Resumo da nossa conversa: "seu tio deixou a chave comigo. Disse que se viesse uma menina de cabelo azul procurar por ele, era para entregar a chave".

(Pausa para ligar os pontos: vovó achava muito *fashion* eu pintar os cabelos de azul nas curtas férias de inverno. Sempre fiz isso porque, durante o período de aulas, não é permitido pelas escolas. A tinta que uso dura no máximo vinte dias, tal como as férias. Ela sabia que hoje eu estaria de cabelo azul.)

"Você pode ficar aí o quanto quiser", continuou Pierre, estendendo-me a chave. "Está tudo do jeito que ele deixou, de vez em quando abro a janela para deixar entrar um bom ar." "Mas você sabe para onde ele foi?", pergunto. "Viajou", diz Pierre, "não sei para onde. Saiu logo depois da grande pandemia, você sabe que ficamos trancados aqui mais de um ano, acho que vocês também, não é?" "E a Sylvia, ainda mora no quinto andar?" "Não, a Sylvia foi para Grenoble na mesma época em que seu tio viajou. Uma pena, queria poder ajudar, mas não sei mesmo aonde ele foi." Agradeço, rodo a chave na fechadura, entro.

Impressionante! Tudo do mesmo jeito. O altarzinho, o balcão com o laptop em cima – ele se gabava de estar com o mesmo computador havia quinze anos –, o sofá-cama, a mesa de massagem, a cozinha agora muito limpa, com pouca coisa além das panelas e das louças. O banheiro também não tem mais aquela tralha toda de quando eu estive aqui, e o aquecedor é novo, bem menor que o de antes. O armário de portas espelhadas, ainda com algumas roupas, lençóis, toalhas. Os óleos essenciais todos enfileirados sobre o balcão. Ainda havia alguns post-its na parede.

Hum... logo depois da pandemia, disse Pierre. Quer dizer que tio Branco viajou faz uns dois anos. Estranho, muito estranho. Porque "logo depois da pandemia" na França significa "no meio da pandemia" no Brasil, lembro que minha avó falava no tsunami do contágio, a onda que veio varrendo o mundo, a partir da China. Será que tio Branco viajou mais ou menos nos mesmos dias em que notamos o sumiço dos meus avós?... Vou olhando tudo à minha volta e meu olhar para no pequeno altar. Falta um deus. Mas qual? Preciso me lembrar. Olho para os post-its na parede, um deles é mais claro e menos empoeirado que os outros. Tem apenas o número 817 – o mesmo da chave! Será uma senha? Um código? Alguma mensagem cifrada?

Deito no sofá, estou exausta. Giro a cabeça para o lado da mesinha e vejo embaixo dela um papel no chão. Outro post-it. Deve ter descolado da parede. E tem escritas apenas três palavras: Anabel/Antônio/Amanhã. Os nomes dos meus avós. Sem data, como saber que amanhã é esse? Guardo tudo no bolso, já são quase seis da tarde, decido sair para comer.

Vou pela rua Saint Sabin rumo à Praça da Bastilha, mas viro à esquerda antes, pois me lembro de um pequeno restaurante chinês que tio Branco adorava. Resolvo comer lá. Assim que entro, recebo um largo sorriso da mulher que atende no balcão. Peço os mesmos pratos que pedi quando estive aqui com ele e vovó: rolinhos de primavera, frango empanado com mel e gergelim. Enquanto saboreio essas delícias, sou observada pela chinesa sorridente, que me traz água. Quando pago a conta, ela me dá um biscoito da sorte, dizendo "menina do cabelo azul" e sorrindo sempre. Nem dou muita importância a isso, ela fala um francês carregado de sotaque, eu mal entendo, só capto o "*cheveux bleus*", tanta gente comenta sobre meu cabelo azul, de modo que apenas inclino a cabeça, agradecendo, pego o biscoito e saio. Vejo que o biscoito foi embalado em um guardanapo, com dois nós nas pontas, e ainda está morno, parece ter sido feito agora, enquanto eu jantava.

Resolvo tomar um café no Cuba Compagnie Café, na esquina da Boulevard Beaumarchais, próximo à rua Amelot. No balcão mesmo, pego o expresso fumegante, tiro do bolso o biscoito da sorte e o quebro ao meio. Sai o papelzinho, e quando o abro para ler, mais uma surpresa: "*va vite à la boulangerie de mes amis, chérie!*". "Vai logo à padaria dos meus amigos, querida!" Que susto! Escrito em francês, do modo como meu tio Branco falaria comigo se estivesse ali. Eu me lembro de quando ele brincou comigo: "*allons-nous à la boulangerie différente, chérie*", "vamos à padaria diferente, querida", enquanto entrávamos no furgão com minha avó... Mas não é possível! Agora começo a ter a sensação de que estou sendo dirigida por pistas muito fracas e esquisitas. Penso em voltar ao restaurante, mas desisto ao me lembrar do sotaque da chinesa. Acho que a tirinha de papel com a mensagem ficou guardada em algum canto da caixa registradora, com a instrução “ponha dentro de um biscoito da sorte e dê para a minha sobrinha de cabelo azul, que virá aqui quando eu viajar, por favor”. Tio Branco frequentou esse pequeno restaurante, onde trabalhavam somente a mulher e o marido, servindo apenas quatro mesas, durante alguns anos. Era *habitué*, ele nos disse quando estivemos lá. Na verdade, era amigo do casal, tenho certeza. Ele sempre teve muita empatia pelos imigrantes.

Volto ao estúdio, tomo um banho. Antes de dormir, olho o mapa para localizar a padaria La Conquête du Pain, em Montreuil. Fácil ir lá: pela linha 9 do metrô, chego em dezessete minutos. Ligo para minha mãe e conto as estranhas descobertas deste primeiro dia em Paris. Ela fica tão intrigada quanto eu. Aposto que vai ligar para minha tia e contar tudo, e as duas vão levantar várias teorias sobre tudo o que narrei. Amanhã, antes de sair em busca da tal padaria, falo com ela outra vez e ela me faz a lista das possibilidades. Fazia tempo que eu não a via com olhos tão vivos e brilhantes. Luz apagada para dormir, e me vem o estalo: Belenus! É esse o deus que falta no pequeno altar, que eu agora contemplo com a luz da rua incidindo no mosaico dourado. Os outros são Shiva e Buda, lembro-me bem do tio Branco me explicando quais eram as três divindades. Belenus é um deus celta da luz e do fogo. A palavra “bel” em celta significa “brilhante”, disse ele. Opa! Pera… Bel é o apelido da minha avó desde que me conheço por gente! Ah, vó, será o sumiço do deus celta mais uma pista?! Luz, fogo, mosaico dourado refletindo a claridade da rua…

Bate o cansaço. Durmo tranquila.

O PÃO MARAVILHOSO

Acordo animada, me arrumo rapidamente, saio com minha mochila, devolvo a chave do estúdio para Pierre, que parecia espantado com minha movimentação. "Guarde outra vez, tá, Pierre, porque meu tio vai voltar, tenho certeza." Desço correndo a escada e nem me lembro de tomar o desjejum. Vou fazer isso na padaria comunista, como minha avó gostava de dizer. Entro na estação do metrô bem em tempo de embarcar na linha 9 para Montreuil, em busca de – quem sabe? – mais alguma informação. O biscoito da sorte me deu a certeza de que era importante ir lá para descobrir o que minha avó conversou com um dos padeiros enquanto tio Branco e eu nos deliciávamos com um pão de castanhas fresquinho.

Chego por volta das dez horas, a padaria está com movimento normal. Pães na vitrine e sobre o balcão, aquele mesmo cheiro de abrir qualquer apetite! Lembro que não tomei o desjejum, entro e sou encaminhada a uma mesa onde comem outras três pessoas. Peço um café com leite e uma fatia do pão de castanhas. Aguardo. Não demora muito e um dos padeiros, François – vejo esse nome no crachá –, vem com a bandeja: meu café, duas fatias grandes de pão, um potinho de geleia de mirtilo e outro de manteiga. "Geleia de mirtilo para combinar com seus cabelos azuis, *mademoiselle*", diz ele. Isso foi estranho, porque eles não servem as mesas, é o cliente que pega os pedidos no balcão. Soou para mim como uma senha. "Lembra-se de mim?", perguntei. "Claro", disse ele, "você veio aqui com a nossa amiga brasileira. Já faz uns três anos?" "Um pouco mais, foi antes da grande pandemia..." "Sim! Bem antes, mas ela tinha umas preocupações e deixou conosco uma coisa, que preciso entregar a você." Sai, volta rapidinho e me estende um papel. "Um *voucher*?", pergunto. "Sim, menina, parece que ela queria que você viajasse..." Olho bem o papel: um bilhete sem data para o EuroTrem. "Quando foi que ela deixou isso com você?" "Não foi comigo. Espera." Vai lá dentro e volta. "Ela deixou o *voucher* com o Sébastien faz uns três ou quatro meses. Com um recado para a menina de cabelo azul." "Recado?" "Sim. Presta atenção: 'nada é o que parece.'" Ele fala em português, com muito sotaque, mas deixa claro: "nada é o que parece" – "*rien n'est ce qu'il semble!*". "Só isso?" "Só isso, *chérie, juste ça*."

Minha avó me enlouquece! Termino o café e ligo para minha mãe. Quando lhe conto tudo isso, ela só tem um comentário: "pegue o EuroTrem". "Mas, mãe, preciso descobrir que diabo é essa frase, parece um código, uma senha, sei lá. 'Nada é o que parece.'" "Filha, você só vai saber se seguir as pistas. Continue olhando as fotos da viagem, é nelas que deve estar a resposta." Falta eu olhar as fotos depois de Londres, nesta ordem: Edimburgo, Liverpool, Londres outra vez, Paris, Lisboa. "Vai para Londres, filha. Lá você fica no mesmo hotel, termina de ver as fotos, procura alguma coisa no museu de cera..." "Tá bom, mãe, se eu correr ainda dá tempo de pegar o trem das 2h17 na Gare du Nord, daqui até lá são 42 minutos de metrô. Depois a gente se fala." Agradeço ao François, peço-lhe que agradeça ao Sébastien, pago e saio correndo, enquanto ele acena: "*bonne chance, cheveux bleus*!".

Metrô cheio. Faz tempo que não fico no meio de tanta gente. Depois da grande pandemia, a gente se acostumou a manter distância das pessoas, e agora, neste vagão cheio, sinto certo incômodo. Ainda vejo algumas pessoas usando máscaras sanitárias, mas são poucas. Enquanto olho a diversidade de rostos à minha volta, penso na frase do recado. E começo a concordar com ela. Toda essa multidão dentro de um vagão, realmente, não é o que parece. São pessoas desconfiadas, algumas agressivas, outras ostentando orgulhosamente suas roupas coloridas, outras tímidas, algumas ausentes, com seus fones de ouvido, affffeeee... Nada é o que parece mesmo, né, vó?

DE VOLTA A LONDRES

Chego à Gare du Nord ainda com bastante tempo para pegar o visto de entrada no Reino Unido – lembra que os britânicos aprovaram a saída da União Europeia? Pois então, a embaixada deles instalou um miniconsulado, chamado Fast Visa, na estação de onde sai o EuroTrem. Para quem tem passaporte europeu é rapidinho. Antes de embarcar, dou uma passada na área do guarda-volumes. Sim, há um armário 817, mas a chave que trago comigo nem entra na fechadura. Seria muito fácil, penso, se a porta se abrisse. Minha avó não daria mole desse jeito. Sigo para a fila de embarque, passo pela burocracia, aguardo na plataforma a hora de embarcar.

Enquanto espero, compro chicletes numa máquina. Ao pôr o troco no bolso, encontro lá o escaravelho egípcio da minha avó. Fico distraída, olhando o amuleto que ela gostava de usar quando chegava agosto, mês do azar, ela dizia. Tudo de ruim que aconteceu na história do Brasil e na vida dela foi durante esse mês. Exagerada, você, vó, eu lhe dizia. Viro e reviro o escaravelho e percebo que há algumas inscrições no lado inferior. Deve ser egípcio, penso. Hieroglifos? Não, não parece... Tá mais para números... Faço uma foto e mando para o Gabe: "maninho, pesquise essas inscrições para mim, *please*? Quando chegar a Londres eu ligo para você. Beijos".

Quando entrei nesse trem com minha avó eu não estava muito interessada em olhar ao nosso redor. Tinha algumas séries para assistir *offline* no celular e passei toda a viagem fazendo isso. Ela, não: levantava-se para ir ao banheiro, depois tornava a sair para comprar um lanche, estava muito inquieta, mas não achei isso estranho, porque ela sempre foi ansiosa. Quando saímos do túnel submarino e vimos pela primeira vez a paisagem do outro lado do Canal da Mancha, ela ficou extasiada com o sol brilhante, o céu muito azul, bem ao contrário do que havíamos deixado em Paris, que estava cinzenta e nublada. Nem parece inverno, ela dizia, feliz. Hoje vejo que me lembro de muito mais detalhes da nossa viagem.

Paro na estação St. Pancras: o mesmo pandemônio de quando estive com minha avó. Muita gente circulando. Por curiosidade, vou até a área do guarda-volumes e procuro o armário 817. Não existe armário algum com esse número. Não é daqui a chave que me chegou pelo correio. Corro então para pegar o ônibus que me deixa na porta do London Elizabeth Hotel, o 274. Quero fazer logo o *check-in* e depois almoçar no Pret A Manger da estação Paddington, onde minha avó adorou comer e onde foi muito bem tratada pelos funcionários, até com certa familiaridade. Eu me lembro nitidamente de quando estivemos lá. Ela dizia que se a gente estava almoçando às cinco da tarde, não precisaria jantar, só fazer um lanchinho antes de dormir. Isso porque se esquecia de que eu, toda adolescente, sentia

uma fome danada. Ela ria muito quando eu pedia para comer algo às dez da noite. "Vamos chamar o serviço de quarto, então. Ah, menina comilona!"

Chego ao hotel em meia hora e sou encaminhada para um quarto ao lado daquele em que fiquei com minha avó. Que descoincidência, penso. Podia ter ficado no mesmo quarto e, quem sabe, achar outra pista. Mas não, era pouco provável que minha avó deixasse uma pista no hotel, não sei por que, mas isso seria muito previsível. E ser previsível não era, definitivamente, a cara dessa mulher.

Chego rapidamente à estação Paddington, e me vem à memória a empolgação de minha avó ao lembrar que aqui foi uma das locações do filme a que assistimos juntas. Gastamos muito tempo na loja temática do ursinho simpático, onde ela escolheu uma lembrança para meu irmão. Entro no restaurante e vou direto ao caixa fazer meu pedido. A moça me trata como se já me conhecesse e me esperasse, igualzinho aconteceu com minha avó.

"Olá, menina do cabelo azul, seja bem-vinda!" Respondo meio timidamente e peço a salada de abacate, um *wrap* de frango e o suco gasoso de maçã que eu amei da outra vez. Consigo um cantinho limpo, o restaurante já estava bem menos cheio. Como calmamente e, quando estou quase terminando, a moça do caixa vem para perto de mim. Começa uma conversa estranha.

– Você é a neta da brasileira que esteve aqui há um tempo, não é?

– Sou eu mesma. Vai me dizer que você tem uma mensagem dela?

– Não, não tenho. O que eu quero é mandar um recado a ela, quando você a encontrar.

– Como sabe que eu vou encontrá-la? – pergunto intrigada.

– E não vai?

– Vou. (Gente! Tremi por dentro ao dizer essa palavra!)

– Então você vai poder dizer a ela.

– Tá bom, qual é o recado?

– Diga a ela que a gente se organizou, e hoje o Pret A Manger tem funcionários fixos, com participação nos lucros. Sua avó foi importante para nós e vai gostar de saber disso.

– E quando foi que ela se comunicou com vocês pela última vez?

– Durante a grande pandemia de 2020, até o sétimo mês do isolamento dela, quando deixou de responder minhas mensagens. Nós ficamos preocupados, por causa das notícias da mortandade que houve nas Américas. Sua avó nos disse que a experiência da pandemia criaria uma oportunidade de mudança nas relações de trabalho aqui. E isso aconteceu mesmo, porque a gente soube propor inovações e negociar para ninguém ser demitido durante os vários *lockdowns* que tivemos.

– Espere... você está me dizendo que ficou amiga da minha avó quando ela esteve aqui comigo, há quatro anos? E que vocês conversaram todo esse tempo, inclusive durante a pandemia?

– Sim, menina, é isso mesmo. Ela não comentou com você? Nós tivemos uma longa conversa aqui mesmo, nesta mesa, há quatro anos. Sua avó pegou meu contato nas redes sociais, meu e-mail, e nós trocamos ideias, fotos e até algumas confidências... Todos aqui gostamos muito dela...

(Pausa para ligar os pontos: isso só pode ter acontecido em uma das misteriosas saídas de minha avó, enquanto eu curtia preguiça no hotel... Hum... trocaram fotos, né? Por isso ela me reconheceu! Ah, idosa danada, viu?)

A moça parece intrigada, agora:

– Há quanto tempo você não a vê e não fala com ela?...

– Desde o sétimo mês de isolamento, na grande pandemia. Eu estou agora atrás de umas pistas dos meus avós, acho que eles querem que os encontre, mas ainda estou procurando...

– Entendo – diz ela. É bem do estilo da sua avó, ir mandando pistas. Fique tranquila e continue procurando, você vai encontrar os dois, tenho certeza!

Os olhos dela agora têm um brilho intenso, algo como uma certeza, eu me sinto até apoiada por ela. E me ocorre que, se minha avó lhe mandou fotos, deve ter contado que eu gosto de pintar o cabelo de azul, enfim, deve ter feito tudo para ela me reconhecer.

A moça – Ashley, vejo no crachá – percebe que estou muito surpresa. Nunca imaginei que minha avó tivesse estreitado relações com essas pessoas. Agora ela tenta me tranquilizar mais, começa a elogiar vovó.

– Sua avó é muito cativante, ela se importa com todas as pessoas. Eu até diria que ela tem uma luz própria, alguma coisa que atrai nossa atenção. Então, porque ela se importou conosco, quero que você conte a ela como as coisas mudaram por aqui.

– Sim, pode deixar, quando encontrar minha avó eu conto tudo.

Saio até meio tonta do restaurante. Essa minha avó não para de me surpreender! Não é que foi se meter com trabalhadores britânicos, no berço do capitalismo, como gostava de dizer?! Enquanto eu aproveitava a internet do restaurante, ela ficava de conversa com os funcionários, sem parar. Então era assim que estabelecia seus contatos, conversando e cativando as pessoas... Preciso contar isso para minha mãe e, por tabela, para minha tia. E aguardar o que vão deduzir dessa história. Quanto mais investigo e descubro, mais sinto que ainda sei muito pouco sobre meus avós. Claro que ela não fez tudo isso sozinha, meu avô sempre está junto nas discussões, nas indicações de leitura, na análise da conjuntura, como ele sempre repetia. E, neste caso, da conjuntura internacional! Minha mãe sempre diz que não é fácil ser filha desses dois, entender o que eles fazem. É muito bom, mas não é fácil. Hoje começo a saber por quê.

Decido ficar no hotel revendo as fotos da viagem, até porque a esta hora o museu de cera já fechou. Entro no meu quarto para chamar minha mãe e contar essa conversa. Distraio-me um pouco olhando novamente as fotos; nisso, o telefone toca. É Gabe.

– Fala, maninho!

– Mana, você não vai acreditar! Pesquisei os desenhos no lado inferior do escaravelho egípcio e...

– Fala logo!

– É o número 817, em egípcio!

– Putz! Gabe, pesquise tudo sobre esse número, tá? Sei lá, significado místico, religioso, numerologia, tudo o que você achar.

– Sim, mana, começo a achar que ele é mais do que um número numa chave de guarda-volumes. Vou pesquisar aqui.

– Com certeza, é! Ah, maninho, pode pesquisar uma outra coisa também?

– Claro! O que você quer saber?

– Belenus. É uma divindade celta. Não sei de qual religião ou seita. Não sei nada sobre isso. Mas preciso saber, porque tinha uma imagem na casa do tio Branco, saca?

– Saquei. Eu também vi essa imagem no altar dele. Pode deixar, mana! Vou passar pra mamãe.

– Espera um pouco, Gabe, deixa eu te perguntar uma coisa: lembra daquele aplicativo para rastrear nossos celulares?

– Lembro, sim, mana, ainda tenho no meu computador. Mas peraí… você quer ser rastreada?! Por mim? Hehehehehehe.

– Para, maninho, e anota o código que estou mandando, ele vai permitir que você me localize na viagem. *Just in case*, nunca se sabe, né? Mas não comenta com nossa mãe, sabe como ela é, vai ficar grilada achando que estou em perigo!

– Pode deixar, mana, já ativei o código. Sabia que esse app também mapeia os celulares em volta do seu? Já estou vendo aqui. Posso seguir o seu e ainda ver os que estão por perto! Muito massa! Nossa, que louco! Acho que vou seguir você em tempo integral! Hehehehehehe.

– Certo, maninho, pode me seguir, sem problema! Então agora me passa pra nossa mãe, *please*!

Conto detalhadamente a conversa que tive com a funcionária do restaurante para minha mãe. Ela vai ligar para a irmã e contar a ela. As duas vão elaborar mil hipóteses para eu investigar amanhã. Minha mãe está novamente esperançosa, agitada, ansiosa, sem aquele peso de tristeza na voz. Desligo, feliz, e continuo a olhar as fotos. Nada de novo, nada de diferente, só mesmo a mão de minha avó no bolso do Hitchcock. Amanhã vou cedo para o museu de cera da Mme. Tussauds.

O PALPITE DA MINHA TIA

Acordo me lembrando de que assisti, junto com minha avó, numa daquelas tardes de preguiça de domingo, ao filme *Janela indiscreta*, do Hitchcock. Minha mãe dizia gostar mais de *Psicose*, meu avô preferia *Um corpo que cai*. O diretor gostava de aparecer rapidamente nos filmes que fazia, tipo o Stan Lee. Minha avó me encarregou de vigiar o momento do filme em que ele aparece rapidamente no apartamento do pianista. "Fica de olho aí, menina, ele vai aparecer!"

Enquanto tomo o café da manhã no hotel e me preparo para ir até o museu de cera, vou sobrepondo lembranças. Minha avó, nesta mesma mesa, pedindo ao garçom indiano um pouco de canela para polvilhar o mingau de aveia; eu trombando em uma menina que havia acabado de se servir e derrubando sua bandeja, pedindo mil desculpas, toda sem graça, enquanto vovó me olhava com um sorrisinho de canto de boca; de novo vendo a cena em que o cineasta aparece servindo bebida ao pianista e simula olhar para o público... Bem, desjejum reforçado, como vovó dizia, para aguentar bater perna até o fim da tarde, sem almoçar. E andar, andar, andar...

Chego ao museu de cera e – não vou fazer suspense! – sigo direto para a sala em que está o Hitchcock, afinal, foi para isso que vim, né? Meto a mão no bolso do terno dele e, sim, tem um papel dobrado. Abro e leio:

> "E agora, Harry,
> entremos na escuridão e
> vamos em busca da aventura,
> aquela caprichosa sedução."

Como assim?! Citação de *Harry Potter*? Minha avó podia ao menos esperar que eu chegue à Escócia, pô! Essa citação vem para me confundir ainda mais: Harry Potter no bolso de Hitchcock, em um museu muito próximo à Baker Street, onde fica a casa do Sherlock Holmes! Que salada!

Fico mais desnorteada porque a citação preferida de minha avó sempre foi outra, de uma fala do Sirius Black: "O mundo não se divide em gente boa e Comensais da Morte. Todos nós temos Luz e Trevas dentro de nós. O que importa é o lado que escolhemos para agir. Isso é o que realmente somos".

Agora é mesmo hora de ligar para minha mãe e trocar umas ideias. Estou totalmente perdida com essa entrada de Harry Potter na minha investigação. Seria uma pista falsa, para me fazer sair do modo automático e parar para pensar? Minha avó sempre gostou desse tipo de provocação, típica de professora de literatura!

– Mãe, e agora? Esse bilhete com citação do Harry Potter me confundiu toda!

– Calma, filha. Vamos pensar juntas. Opa, espera, sua tia está me chamando. Vai dando uma volta aí no museu, daqui a pouco chamo você de volta.

Ando sem rumo pelo museu, passo pelos vários "Sherlocks", pelos "007s", revejo a Emma Watson, o Daniel Radcliffe, o Rupert Grint, ou melhor, a Hermione, o Harry e o Rony... Mais adiante, estão Sirius Black, Dumbledore, Minerva, Ginevra e Voldemort... Epa, o que estou fazendo aqui no meio de todas essas personagens? Fico um pouco tonta, olhando ora para um, ora para outro...

O telefone toca. É minha tia Natty.

– Oi, tia... E aí, minha mãe falou com você?

– Oi, querida, falou, sim. E eu me lembrei de uma coisa importante, por isso estou ligando.

– O quê?

– Quando a gente estava olhando as fotos da sua viagem com mamãe, eu perguntei se vocês tinham ido à casa do Sherlock Holmes, lembra? Eu até lhe contei que fui lá, anos antes de vocês viajarem...

– É, eu me lembro... mas a gente não foi porque eu estava cansada.

– Então, querida, posso lhe dar uma sugestão? Volte à galeria onde estão os atores que fizeram o Sherlock no cinema. Não sei por que, mas algo me diz que você

Madame
Tussau
BAKER
STREET NW1
BAKER STREET STATION
Hammersmith & City
Metropolitan and Circle lines
Bakerloo line
Hammersmith & City and Circle
Jubilee line
Metropolitan line

pode encontrar alguma pista lá, que antecede essa da citação do Harry Potter.

– Será, tia?...

– Intuição, Sófis. Conhecendo minha mãe como a gente conhece, tenho quase certeza de que ela não ia resistir a usar um dos "Sherlocks" para lhe deixar algum papelzinho.

– Mas por que isso agora, tia?

– Ora, sua mãe acaba de me contar sobre esse negócio de ela deixar bilhetinhos em lugares inesperados. Você acha que ela ia usar apenas o bolso do Hitchcock? Eu acho que não, ainda mais sendo tão fã do Sherlock!

– É, tia, faz sentido! Vou lá dar uma olhada nos bolsos do Benedict Cumberbatch e do Robert Downey Jr. Não custa, né, já estou aqui mesmo...

Enquanto falo com tia Natty, caminho meio incrédula rumo à galeria dos "Sherlocks".

– Tia, no único bolso aberto do Benedict não tem nada. Vou ver no do Robert.

– Estou esperando, querida!

– Nada aqui também! Ah, que desânimo, onde mais posso procurar? Nossa, estou vendo ali outro ator que fez o Sherlock, tia! Sean Connery.

– Procure nele também, menina!

– E não é que tem um papelzinho aqui, tia?! Ai meu coração, estou abrindo...

– Ah... Claro! Vi todos os filmes desse cara junto com minha mãe! E então, Sofia, o que é esse papelzinho? Outro bilhete?

– Não, parece um enigma, uma adivinhação, sei lá! Será que tem a ver com as pistas da vovó?

– Leia para mim, querida!

– "Visitas inesperadas costumam encontrar verdades que não desejam conhecer. Se você não tem medo do mistério, procure por ele."

– Caramba, Sofia, é um enigma feito sob medida para você!

– Tia, será que é uma mensagem cifrada, para eu ir à casa do Sherlock?

– Então, querida... Se ela fez você voltar ao museu de cera, que é pertinho da Baker Street, talvez quisesse que você fosse ao número 221B, a casa dele. Quem sabe deixou alguma pista lá, numa das saídas sem você? Tudo é possível com essa minha mãe!

– Será? Olha, bem que ela pode ter feito isso... Esse enigma no bolso do Sean Connery não foi de graça, ela vivia me avisando que nada é o que parece!

– Então... vai lá, menina! Olhe tudo com atenção, procure algo que dê sentido a tudo o que você encontrou até agora!

– O mais difícil vai ser encontrar o sentido para a citação de uma história do Harry Potter que ela deixou no bolso do Hitchcock, tia! Essa me deixou desnorteada!

– Pensa comigo, querida, pelo que sua mãe me contou, essa citação não tem um tom de convite? Não parece que está convidando você a embarcar numa aventura?

– É mesmo, tia! Tem, sim!

– Então, menina! Onde foi escrito o primeiro livro do Harry Potter? Não foi na Escócia, em Edimburgo, que você e ela visitaram?...

– Claro, tia, você tem razão. Cada pista que encontro me faz avançar pelo percurso da nossa viagem. Bem, pelo menos essa é a sensação que eu tenho.

– Isso! Sabe que eu também pensei nisso? Você vai continuar encontrando pistas para seguir adiante nessa viagem, até... quem sabe o que vai encontrar no final dela?...

Minha tia fala isso com a voz meio emocionada, sinto que coloca sobre mim uma expectativa esperançosa de ter notícias de seus pais. Está a meio mundo de distância, mas acompanhando ansiosa tudo o que eu faço, trocando ideias com minha mãe, sei lá o que as duas conversam, que visão elas estão tendo dessa minha busca pelas pistas...

– Vai lá, querida, vai... Quem sabe você encontra mais alguma pista...

– Ou então alguma coisa que torne tudo ainda mais confuso, né, tia? Conhecendo a minha avó...

– Mas você precisa tentar, não é, minha linda? Vai lá, vai...

– Valeu, tia! Vou lá, depois conto a vocês se achar alguma coisa.

Desligo e olho ao meu redor; de repente, o cenário do museu de cera me parece espantoso... Tantas celebridades, tantas personagens históricas, tantas figuras criadas pela ficção, na literatura, no cinema, na vida, enfim!

Não posso deixar de me lembrar da vovó sentada ao lado dos Beatles, de braço dado com Mandela, olhando com carinho para Muhammad Ali, Che Guevara,

Fidel Castro, Bob Marley... Fazendo pose perto de Pelé, Luther King, Usain Bolt... Fingindo ter um dedo de prosa com Nicole Kidman, Emma Watson... E ela me pedia para simular estar com medo do Hulk, estar conversando com o Chewbacca, palhaçadas que ia fotografando ou filmando. Olha, para quem não gostava desse tipo de programa em viagens, até que minha avó se divertiu muito! Em alguns momentos, nesse dia, ela cantarolou: "é preciso saber viver... saber viver...".

NÃO ME DECEPCIONE, SHERLOCK!

Saio do museu de cera com o bilhete de minha avó no bolso e o enigma na mão. Virando sempre à direita, chego à Baker Street. Uma rápida caminhada e me vejo de frente para o museu Casa de Sherlock Holmes. Como são férias e sou estudante, pago menos de meia-entrada. Rapidamente me vejo na famosa sala do detetive, igualzinha à dos filmes que vi com minha avó. Quantas vezes esse lugar foi palco das mais mirabolantes teorias de investigação, tanto nos livros quanto nos filmes e nas séries!

Começo a olhar tudo, dando um lento giro de 360 graus. Poltronas; lareira; aparelho de chá sobre a mesa de madeira escura, redonda; um tapete vermelho de estilo persa; dois nichos laterais perto da lareira com estantes de livros antigos; o papel de parede vermelho com dourado, tão ao gosto dos ingleses; uma galhada de cervo acima de um pequeno quadro na parede em frente à janela grande; uma escrivaninha pequena, de madeira clara; uma cortina de tecido estampado de rosa-velho e florais vermelhos; um violino repousando sobre uma das poltronas; dois chapéus superconhecidos, o do detetive e o do Watson, sobre a mesa de centro – ou *coffee table*, como dizem aqui – e, ainda sobre ela, dentro de um pratinho de porcelana, junto a uma lupa, o famosíssimo cachimbo do detetive! Muitas miudezas espalhadas sobre os móveis, pelas paredes, em cantos do piso, sobre a lareira...

Esculturas, pinturas, quadros com inscrições, obras de todos os tamanhos, retratos de pessoas – seria aquele, lá no canto, perto da cortina, o Conan Doyle?

Dou uma volta completa pelo museu: vejo o quarto do Sherlock, o banheiro, o armário, muitas miudezas, muitos quadros nas paredes, mas nada me chama a atenção.

Foco, menina, foco! Minha avó me diria para olhar tudo, guardar detalhes, procurar algo estranho, mas sempre lembrando que muitas vezes o que procuramos pode estar bem na nossa frente, e não vemos porque não sabemos olhar. Sim, ela dizia essas coisas que me pareciam muito esquisitas e sem sentido, mas hoje vejo que há um sentido nisso: é preciso saber procurar. Mas o que estou procurando? Uma pista, ela diria. Olho tudo outra vez. E outra. E outra.

Saio convencida de que não há pistas para mim aqui. Quando piso na calçada, ouço alguém: "menina do cabelo azul, encontrou o que procurava?". É o guarda da entrada, sorridente. Parece saber quem sou e o que procuro. "Nada? Não encontrou?" Abano a cabeça, desanimada. "Então volte lá e procure na estante ao lado da lareira, entre os livros de capa rosa e marrom." Estou novamente com o coração aos pulos. É bem do estilo da minha avó convencer o guarda a ajudá-la. Eu devia prever que ela ia mobilizar muita gente para apoiá-la nesse plano. É típico dos meus avós notarem as pessoas que normalmente os turistas ignoram: guardas, faxineiros, bilheteiros, caixas. Era com essas pessoas, trabalhadores, geralmente imigrantes, que minha avó interagia em suas viagens. Dou meia-volta rapidamente.

Livro de capa rosa e marrom... Procuro um pouco, não está na estante lateral, mas enfileirado com outros sobre a escrivaninha de Sherlock Holmes. Há uma pontinha de papel amarelo aparecendo entre eles, puxo e vem... mais um bilhete com a letra de professora da minha avó:

"Embora falemos línguas diferentes
e venhamos de lugares diferentes,
nossos corações batem como um só."

Puxa vida, vó, agora vem de Dumbledore, é? Também te amo, eu sei que é isso que você está me dizendo com essa citação deslocada, tá? Deslocada, mas que confirma a impressão que tivemos, tia Natty e eu, de que é mais uma pista para me impulsionar a seguir a viagem!

Saio de lá com um sorriso enorme na cara. Agradeço ao guarda, tão gentil, Steve, é o nome no crachá. "Tchau, Steve, muito obrigada!" "Tchau, sucesso, menina do cabelo azul!"

Agora, sim, essa é uma pista de peso, tenho a certeza de que preciso seguir para Edimburgo, fazendo a mesma viagem de trem que fiz com vovó. Mas vou fazer isso apenas amanhã pela manhã, pegar o trem no mesmo horário em que nós duas embarcamos. Como ainda me sobram algumas horas, vou almoçar em Camden Town, onde estive com ela quando viemos a Londres.

De metrô até lá é um pulo – um tirinho de espingarda, costumava dizer o tio Branco. Saio da estação e logo me vejo na rua movimentadíssima. Lembro que as fachadas das lojas me chamaram a atenção quando estive aqui com vovó. Aqui você encontra todas as tribos urbanas de Londres, de *punks* a *clubbers*, de *hippies* a patricinhas, de conservadores a libertários, dizia ela, enquanto andávamos no meio daquele povo tão diverso, tão colorido, tão multicultural. Fiquei muito impressionada. Hoje paro novamente na mesma lojinha em que comprei uma gargantilha de barbante de seda em macramê, conforme me explicou minha avó, toda conhecedora. "Leve a vinho, linda!" "Prefiro a preta, vó..." (Pausa para uma lembrança: na época da nossa viagem, eu estava na *vibe* de usar preto. Tudo preto, inclusive a maquiagem, e ainda tinha os coturnos. Minha avó me chamava de viuvinha!) Bem, como estou emotiva demais, hoje levo a gargantilha vinho e já saio com ela no pescoço, em homenagem à minha idosa louca!

Resolvo almoçar no Stables Market – comida pan-asiática, seja lá o que isso quer dizer, veja só, uma delícia: arroz, frutos do mar, salada, tudo bem picante. Aprendi a apreciar essas comidas com meus avós, depois de uma viagem que fizeram para Cingapura e minha avó voltou com temperos e um livro de receitas asiáticas.

Decido dar uma volta pelo mercado, é bom para ajudar na digestão, ela dizia. Saio a andar pelas lojinhas e entro para ver os brincos no mesmo lugar em que minha avó comprou alguns. Naquele dia estávamos rindo à toa, depois de um bom almoço colombiano regado a cerveja – só ela bebeu, claro. Quando fomos pagar os brincos, o vendedor, um senhorzinho magro, olhos muito azuis, cabelos brancos compridos amarrados num rabo-de-cavalo e barba idem, até nos deu desconto porque nos achou muito alegres. Assim que entro, eu o vejo atrás do balcão, todo sorridente e, curiosamente, ouvindo uma música que curti muito com vovó, "Maracatu atômico", na interpretação do Chico Science & Nação Zumbi. Ainda me espanto com o fato de a música brasileira ser tão conhecida e tão tocada no Reino Unido. Minha avó dizia que era um patrimônio cultural da humanidade!

"Menina do cabelo azul", diz o homem com um olhar sorridente, "eu me lembro de você com sua avó aqui na minha loja, as duas rindo muito." Fico desconcertada. Esse homem deve ver muita gente todos os dias, como se lembraria de mim e minha avó? Será possível que ela previu que eu viria aqui?!

Cumprimento o senhorzinho e ele me entrega um envelope vermelho, que traz escrito, em inglês:

Menina do cabelo azul.
Qualquer dia de fevereiro.

"Como assim", pergunto. "Quando foi que ela deixou isso aqui?" "Faz uns meses", ele responde. "Guardei na gaveta e esperei." Estou perplexa, enquanto abro o envelope. Dentro, um papelzinho branco, e a letrinha de professora a me dizer, em português:

procrastinação
substantivo feminino
1. ato ou efeito de procrastinar;
adiamento; demora; delonga.

"Além do bilhete, ela disse mais alguma coisa? Algum recado?" "Nada" disse o homem, "só me pediu para lhe entregar o envelope."

Agradeço e saio quase correndo da loja. Pireeeeei! Vocês podem imaginar uma coisa dessas?! Parece que minha avó mapeou todos os lugares a que eu poderia ir durante a reconstituição de nossa viagem! Sim, ela fez isso mesmo! Ligo imediatamente para minha mãe e conto a ela da visita ao museu do Sherlock Holmes e, agora, o que está acontecendo em Camden Town. Ela também fica espantadíssima! "Valeu a dica da sua tia, hein, filha? Mas o bilhete lá no museu do Sherlock não me espanta tanto quanto esse aí na lojinha de brincos! Estou passada! Vou ligar para ela e contar, pode deixar, viu?"

Peço para falar com meu irmão, quero saber se ele descobriu mais alguma coisa importante nas pesquisas. Gabe diz que ainda está pesquisando o número 817, só que as informações estão muito confusas. "Não sei se foco no sentido das ciências exatas ou no sentido esotérico, maninha!" "Bem, nossa avó sempre se queixou da Matemática, lembra? Pode não ser por aí..." "Melhor então manter o foco na simbologia?" "Sim, acho que sim, Gabe..." "Tá, te ligo quando achar alguma coisa que faça sentido! Ah, não desliga, sabe o app de rastreamento? Além de todos os seus passos, ele tá me mostrando umas coisas interessantes, pra dizer o mínimo." "O que, maninho?" "Me liga quando chegar no hotel, vou confirmar uns troços aqui enquanto você vai para lá. Me liga!"

Começo a ficar ansiosa, quero voltar para o hotel para saber o que Gabe tem para me contar e continuar olhando as fotos, ver logo as de Edimburgo. Pulo no ônibus e vou pensando: "hoje está sendo um dia bom, Sherlock não me decepcionou, e até a ida a Camden Town foi surpreendente! Mas o que minha avó pretendia com a definição de procrastinação? Será que ela pensou que eu ia me distrair na viagem, já que Londres é, confesso, uma cidade que me fascina? Será que foi isso?... Procrastinação... E o que o Gabe vai me contar sobre o app? Mistério...".

(Pausa para outra lembrança: uma vez minha avó me contou que ela também procrastinava para fazer os trabalhos escolares. Até no mestrado e no doutorado ela procrastinou. Sempre foi de entregar tudo naquele momento em que a porta estava se fechando, o prazo final se encerrando. Mas que fixação é essa com procrastinação?...)

INDÍCIOS DE UM PLANO DE FUGA

Estou aqui, no ônibus, pensando... Um dia, durante a quarentena da pandemia, minha avó me mandou um link de um site de literatura: "entra lá para ver meu conto (re)publicado". Entrei e li "O sargento", que falava de uma mulher à noite, em casa, duas crianças dormindo e ela se preparando para dormir também, sozinha, porque o marido estava viajando. Ela apaga a luz, fecha os olhos, daí ouve o barulho da chave rodando na fechadura da porta da sala, pensa que o marido voltou sem avisar, mas não... Ao se levantar, dá de cara com um homem enorme andando rumo ao seu quarto, fardado como sargento do exército. Enfim, esse homem não bate nela nem a maltrata, ele só quer jogar pela janela do quarto os livros que estão em uma estante – primeiro os de literatura (a personagem é professora de literatura, coincidência, né?) e depois os de economia (o marido dela é economista, outra coincidência, né?). Bem, depois que os livros voam para fora, o homem se vira para ir embora e ela reza para ele não ver a outra estante no quarto ao lado quando está saindo.

O clima é de algo confuso, em que a personagem não sabe se dormiu e está sonhando ou se está acordada e aquilo está acontecendo mesmo.

Esse resumo apressado não faz jus ao conto. Ele é bom, sintético, econômico, bem estruturado e intercala uns pensamentos da personagem, como se ela teimasse em silêncio em ter liberdade. Se me lembrar, quando esta história toda acabar, deixo o link para quem quiser ler.

Mas voltando ao caso. Se minha avó resolveu publicar novamente esse conto – a primeira vez que ela publicou foi no suplemento literário de um jornal de Brasília, na época da ditadura militar imposta pelo golpe de Estado de 1964 –, foi porque estava já sentindo que o clima político, durante a pandemia, estava se fechando para começar a imposição de um governo autoritário em 2021, que era o que meus avós temiam lá em 2016, quando teve o golpe de Estado. Hoje, ao olhar para trás, isso parece tão claro! Mas naqueles dias a visão da maioria dos brasileiros era muito limitada.

Talvez os dois tenham feito a análise da conjuntura, como meu avô gostava de dizer, para então resolverem que deviam sair do país. Esse conto foi (re)publicado um pouco antes de serem divulgadas as informações sobre o altíssimo número de pessoas mortas por falta do enfrentamento da pandemia. Meus avós previam que a mortalidade no Brasil ia ser alta, como de fato foi, e eles estavam entre os mais indefesos frente à doença, pela idade e por alguns problemas de saúde.

Por isso, acho que a publicação do conto foi uma espécie de senha, um modo de dizer a quem tivesse condição de entender: "vejam, o autoritarismo chegou, veio para ficar, o Estado fascista pode invadir casas, o perigo está também no guarda da esquina, no vizinho", ou, como no conto, no sargento que confiscava livros.

Será exagero meu pensar essas coisas? Será que estou vendo indícios onde não há nada, só coincidências? Devo acreditar em coincidências ou não? Meu avô sempre repetia que coincidências não existem. E minha avó gostava de dizer que "a vida é feita de livres associações, querida!". "Sinapses, né, vó?" Ela ria. "Sim, menina, sinapses..."

Sinto um arrepio. Pensando nesses fatos, eu me lembro daquele filme, *Fahrenheit 451*, que também assisti com ela: um clássico baseado no famoso romance de Ray Bradbury, que mostra exatamente esse tipo de governo autoritário que queima livros. E hoje, três anos depois, me pergunto como não enxerguei coisas que estavam tão claras. Tudo bem que eu era bem mais nova, desinteressada dos assuntos de política, mas meus avós viviam nos avisando, viviam alertando parentes e amigos sobre o que estava por vir.

(Pausa para uma reflexão carinhosa: minha avó ficaria muito orgulhosa se soubesse que li esse romance no original e escrevi uma resenha dele como trabalho de escola. Ainnnnn...)

* * *

Às vezes, quando relembro todo esse envolvimento político dos meus avós e a percepção do mundo que os dois queriam despertar, penso até em me inscrever para a faculdade de ciência política, mas... só penso, por enquanto. Como já disse e repito agora, ainda não escolhi o curso que quero fazer a partir do próximo ano. Tenho até junho para decidir, por enquanto meu foco é seguir essas pistas loucas que minha avó deixou.

Enquanto penso em tudo isso, já no hotel, vou olhando as fotos de Edimburgo. Aliás, foi quando embarcamos para lá, na estação King's Cross, que vimos pela primeira vez a parede por onde Harry Potter entra na plataforma 9¾, com metade do carrinho cravada nos tijolos. Vovó tirou várias fotos lá, e, claro, quis que eu fizesse a imitação do Harry correndo para não perder o trem para Hogwarts. Foi divertido.

A viagem de trem foi boa e longa, eu mais interessada nas minhas séries *offline* e minha avó fotografando as paisagens pela janela, ora saindo para comprar lanche, ora jogando *Mahjong* no celular, ora cochilando. Agora vejo nós duas na estação Waverley, que ela achou muito bonita, até fotografou detalhes. Lembro que chegamos à noite no hotel, com muito frio, e mesmo assim minha avó saiu a pé para comprar água e frutas, enquanto eu só queria ficar na cama com o aquecedor do quarto ligado.

Continuo olhando as fotos e volto a me lembrar de vovó dizendo que sempre quis conhecer a Escócia, terra do Sean Connery, um dos "007s". Segundo ela, o mais bonito. (Esse cara morreu em 2020, depois do sumiço de meus avós...) Também falou sobre os movimentos separatistas escoceses e, claro, da bebida nacional que ela aprecia, o uísque. (Outra pausa: quando minha avó resolvia cozinhar tomando uísque, geralmente com a família toda reunida, a comida ficava sempre uma delícia. E ela naquela alegria típica do pileque! Rsrsrsrsrs.)

Animadíssima, vovó dizia que a Escócia tinha tudo para ser cenário das narrativas do Harry Potter. Sim, esse clima, essa arquitetura e tudo o mais! Afinal, esse é o território da ilusão, do sonho, da aventura... Muito animadinha, essa senhora!

Vou olhando as fotos e lembrando, lembrando e olhando as fotos, até que... pera! Território da ilusão?! Opa! Câmera Obscura – *Nothing is what it seems*! Não acredito! Como não me lembrei desse lugar antes?!

Olho a foto. Nós duas na entrada de uma exposição de ilusões de ótica! Então foi aí que vovó fixou essa frase "nada é o que parece"! Realmente, o visitante ali é avisado de que tudo o que verá ou sentirá é fruto de puras ilusões que enganam os sentidos, principalmente a visão.

(Pausa para o momento cultural com Anabeeelll: "vó, em português é 'óptica' ou 'ótica'?". "Ah, querida, 'óptica' é uma palavra que designa relações com a visão e 'ótica' designa relações com a audição. Mas a língua é dinâmica e alguns estudiosos já admitem... blá-blá-blá-blá...")

Pronto, já sei qual será o primeiro lugar que visitarei amanhã, quando chegar a Edimburgo. Agora é dormir, para sair cedo.

STRANGE PEOPLE NA ÁREA

Alguém disse dormir? O telefone toca e é Gabe.

– Sófis, sobre o app. Detectei dois celulares que parecem estar seguindo você. Pesquisei os IPs deles e vejo que são do Brasil. Onde você está agora?

– No hotel, Gabe, no meu quarto.

– Eles também estão aí. Cuidado, mana! Fique de olho. Puxei o histórico do seu percurso aqui e vi que eles estão no perímetro do seu celular em toda a sua andança por Londres!

– Não será uma coincidência, maninho?

– Coincidência? Pode até ser. Mas lembra o que dizia o vovô?

– "Não existe coincidência!", lembro sim, e nada é por acaso, nada é gratuito. Vovô adorava falar isso!

– Então, mana, não custa ficar ligada, né? Vou continuar monitorando aqui.

– Tá bom, beijo, maninho!

– Ah, Sófis, sobre Belenus! É aquilo mesmo. Deus celta da luz e do fogo, sempre envolto em uma atmosfera dourada e de brilhos intensos. Bel, Belenus, brilho intenso! Tá na cara que é uma pista pra você seguir para a Escócia, berço da religião celta, né? E tem mais...

– Mais ainda? O quê?

– O número 817.

– O que você achou?

– Tem a ver com anjos, luminosidade, ah, sei lá, é um troço intenso, fala de reflexão, paciência e perseverança, de luta pela independência e pela liberdade, de contestação da autoridade e de luta contra a injustiça e pelos direitos humanos. Isso tudo é característica do tal anjo 817.

– Mais um complicador, né? O que você acha disso tudo?

– Olha, Sófis, eu acho que, tirando o negócio de anjo pra lá, anjo pra cá, essas coisas todas aí são marcas dos nossos avós. Você não acha?

– Acho também! Isso não tem a ver com anjo coisa nenhuma, dois ateus, imagina!

– Mana, amanhã no café da manhã olhe bem a sua volta, veja se consegue identificar quem é que pode estar seguindo você. Mas eu acho que devemos contar isso para nossa mãe, ela está mais por dentro do que acontece no Brasil, sabe como é, golpes militares, espionagem... Lembra que nossos avós chamavam os espiões da ditadura militar de arapongas? Lembra de nosso avô dizendo que eles moravam em uma quadra cheia de arapongas?

– Ah, lembro, sim... Mas ainda não, maninho... Vamos esperar um pouquinho mais, vou tentar descobrir quem são essas pessoas, daí a gente discute isso outra vez, tá? Mas uma coisa é certa: se for araponga, com a gente ela vai cantar! E vai cantar alto!

Morro de rir com Gabe, beijinho de lá, beijinho de cá, vamos dormir! Amanhã embarco para Edimburgo.

(Pausa para outro momento cultural com Anabeeelll: "araponga" era usado para designar os espiões da ditadura militar porque eles tinham o hábito de usar codinomes de pássaros ou insetos. Vovó ria muito quando nos contou isso. Percebam a ironia: o canto da araponga ressoa muito alto pelas matas, é semelhante ao

de um martelo de ferreiro batendo ritmadamente em uma bigorna. Quer dizer, o espião pensa que está disfarçado, incógnito, mas todo mundo sabe quem ele é, ela dizia gargalhando.)

UM DIA DE IRA

Poucos dias antes de meus avós desaparecerem, conversei com os dois em chamada de vídeo e me surpreendi com o estado de raiva, sabe, ira mesmo em que encontrei minha avó. Vovô tentava acalmá-la, mas ela estava alterada, dizendo "que droga de país é esse, como é que pode tanta desigualdade, como as pessoas podem aceitar passivamente tanta exploração...". "Vô, o que aconteceu?" "Vou lhe mandar um link, abre aí que você vai entender, querida..."

Abri. Era uma notícia sobre uma desembargadora que havia sido denunciada e presa por venda de sentenças judiciais. Uma desembargadora de um tribunal estadual, sabem? Pois bem, ela estava presa havia dezenove meses e – acreditem! – continuava recebendo salários e benefícios. Na notícia se dizia que ela recebeu em torno de 500 mil reais.

Tá, mas daí, caí na bobeira de perguntar...

"Você sabe que esse valor, que a criminosa recebeu em dezenove meses de prisão, é o mesmo que eu consegui poupar em uma vida toda de trabalho?! Em trinta e cinco anos de trabalho?! Com mestrado, doutorado, livros e artigos publicados?!" Nossa, ela estava mesmo irada, praguejando contra a maldita casta do judiciário, a maldita casta dos militares, esse maldito país de castas, que tem oitenta por cento da população dependendo de empregos precários, sem saúde pública, sem educação de qualidade, sem comida, sem moradia! "Calma, vó, calma, inspira, como diz minha mãe, inspira, expira, conta até dez..." Uauuuu... Poucas vezes eu havia visto minha avó assim tão brava, tão indignada!

(Pausa para uma correção: teve uma coisa que a deixou mais indignada: a foto que correu o mundo, mostrando brasileiros pobres disputando ossos descartados por um frigorífico. E logo depois outra foto, mostrando as pessoas recolhendo restos de comida de um caminhão coletor de lixo. Cenas terríveis. Quando as vi nos jornais da Irlanda, só pensei em meus avós, no quanto eles estariam indignados, inconformados e impotentes.)

Eu me lembro disso enquanto tomo o café da manhã no hotelzinho. Então começo a prestar atenção nas pessoas que tomam desjejum no salão. Nada de diferente me chama a atenção... Opa, peraí, um casal parece me olhar, mas desvia os olhos e inicia uma conversa quando os encaro. Falam baixinho. São eles, tenho certeza. Só falta saber se falam português.

A mulher é mais baixa que eu, branca, parece até um pouco gordinha, cabelos lisos e claros, na altura dos ombros. O homem é mais alto, moreno, usa óculos de aro preto e grosso, cabelos castanhos penteados para trás. Os dois usam jaquetas pretas iguais, grossas. Vejo que não são britânicos pelas escolhas do café da manhã: nada de ovos, tomates e salsichas, mas muitos bolinhos, pães e geleias, queijos, leite e café. Se os encontrasse na rua, no Brasil, diria que formam um típico casal de classe média brasileira. A tal classe média que meus avós tanto criticavam na época do golpe, apoiadora da ditadura militar. Observo os dois, disfarçadamente, por um tempo. Só me falta confirmar minha quase certeza.

Na saída, ambos se levantam praticamente junto comigo. Deixo-os passar, a mulher à frente; quando se distanciam uns três passos, digo bem alto, num português claríssimo: "oi, esta chave é de vocês?". Os dois param, o homem apalpa os bolsos e tira uma chave. Então ela se volta para mim: "não, menina, não é nossa". Saem rapidamente, sabem que foram descobertos, mas talvez pensem que eu não sei que me seguem. Guardo minha chave e volto ao quarto para pegar minhas malas. Hora de correr para a estação King's Cross e me mandar para Edimburgo.

Enquanto espero o ônibus, ligo para confirmar com Gabe as suspeitas dele. São brasileiros mesmo, maninho. Continue de olho aí, *please*! Rabo de olho em modo *on*, vejo que o casal pega o mesmo ônibus que eu. Natural, né? Vida que segue.

Maravilhosa esta estação, o teto lindo, sem igual! Muita gente trançando para as plataformas. Compro meu bilhete e, como estou com tempo, antes de embarcar na plataforma 1, vou ao guarda-volumes, passando pelo carrinho do Harry Potter encravado na parede da plataforma 9¾. Muita gente jovem na fila para tirar fotos, igual a quando estive aqui com minha avó. Chego ao guarda-volumes e, sim, tem um armário 817. A chave entra. Eu a giro e a porta abre. Coração aos pulos, pego um papel branco dobrado ao meio. Leio:

> *"As coisas que perdemos têm uma maneira de voltar para nós no final. Bom, nem sempre da forma que esperamos."*

Agora foi previsível, né, vó, eu esperava que continuasse citando Harry Potter, mas não que colocasse essa frase depois da citação:

> *Cuidado com as más companhias, elas geralmente desejam o mal para você e para todos os que você ama.*

E agora, o que minha avó quer com esse bilhete? Me dar esperança e me alertar, ao mesmo tempo? Mas me alertar contra o quê? Que diabo de más companhias são essas que ela menciona? Boto o bilhete no bolso e corro de volta para a plataforma 1, justo no momento em que o trem abre as portas para a entrada dos passageiros. Estou muito encucada com esse bilhete, gente!

Não posso evitar, enquanto o trem começa a andar, de rever com os olhos da saudade a imagem de minha avó irada. E quando isso acontecia, era sempre com razão: ou por não aceitar injustiça, ou por defender alguém que ela julgava mais fraco, ou por não se conformar com o tamanho da desigualdade no país, ou por presenciar qualquer violência contra pessoas pobres... Minha avó ficava tão possessa que não media as consequências de interferir em uma situação dessas. Mas o que a deixava mais irada mesmo era o sentimento de impotência, era não poder agir para mudar uma situação ou convencer uma pessoa de que ela podia agir.

Nessa viagem vou repassando mentalmente todas as pistas que ela me deu até hoje, tentando ligar os pontos, tentando esclarecer os pontos obscuros... Mas o telefone toca. É Gabe.

– Mana, está indo? Tá no trem?

– Sim, maninho, estou no trem. E você, tá me rastreando?

– Sim. E tenho de lhe dizer que você tem companhia. Ou melhor, companhias. *Sorry*.

Olho ao redor, mas não vejo o casal do hotel de Londres.

– Não estou vendo aquelas pessoas, Gabe, você tem certeza?

– Sim, certeza absoluta. São os mesmos IPs. Eles estão no trem. Talvez em outro vagão, mas estão indo para Edimburgo também.

– Ah, se tivesse um jeito de despistar os dois!

– Você pode descer numa estação intermediária, fingir que está ficando lá e depois pegar o trem novamente. Mas tem de ser feito com muita esperteza, você corre de volta quando a porta estiver fechando, entra no último segundo de volta no trem.

– Ah, nem, Gabe, isso é muito clichê dos filmes de adolescente! Você acha que os dois vão cair nessa?

– Ora, se eles não caírem, você inverte o clichê, mana! Você fica na estação e deixa o trem ir com eles. Tá vendo, assistir a filmes de adolescente até que me dá algumas ideias!

– Boa, garoto! Desço com a mochila, finjo que vou ficar na plataforma. Se eles acreditarem, corro de volta e eles ficam, se não acreditarem, eu fico e eles vão! Gênio! Só tem um detalhe, vamos fazer isso durante uma ligação, eles vão pensar que estou distraída, falando ao celular. Você me liga quando o trem estiver chegando em Newcastle. A parada é lá.

– Ligo sim, fica tranquila.

Fico imaginando Gabe em frente ao computador, todo atento, vigiando o percurso do trem no mapa e, ao mesmo tempo, rastreando os três celulares, todo ansioso... É bom ter irmão mais novo *geek*, gente!

A FINTA

Minha avó me ensinou a brincar de pique-pega quando eu era pequena. Dizia ela que eu precisava saber fazer a finta. "Que que é isso, vó?" "A gente vive no país do futebol. Você já viu na tevê um jogo, quando um cara vem correndo com a bola nos pés, a gente pensa que ele vai trombar no jogador do outro time e, de repente, ele vira para um lado, vira para o outro, deixa o adversário para trás e continua correndo com a bola? Então, isso é a finta!" "É isso que eu tenho de fazer, vó?" "Sim, quando eu estiver quase te alcançando, você vira para um lado, escapa da minha mão, vira para o outro e continua correndo!" "Assim, vó?" "Isso, menina, tem de ter malícia, enganar o adversário!" "Então eu deixo você pensar que vai me pegar e, no último segundo, eu viro pra cá, viro pra lá... e você não me alcança, vó?" "Sim, querida, e ainda pode fazer aquela cara de 'enganei o bobo na casca do ovo!'"

"Neste mundo perverso, saber fintar é uma qualidade de quem não tem muitas oportunidades na vida, querida! Vale para o pique-pega, para o futebol e para a vida também! Guarde isso com você: haverá ocasiões em que você precisará usar a finta, não se deixar abater, driblar a tristeza e a angústia, fintar as situações que causam aflição e raiva. A finta, o drible ajudam a gente a levar a vida com mais leveza, afastam os sentimentos ruins, liberam hormônios de bem-estar no nosso corpo, melhoram nosso humor..." "Nossa, vó, tudo isso por causa de uma finta?" "Sim, querida, você não ficou feliz quando me fintou no pique-pega?" "Ah, só fiquei, vó!"

Ah, quanta lembrança boa eu tenho das coisas que aprendi com minha avó! Toca o telefone. Gabe diz que está na hora, o trem já vai parar em Newcastle. Levanto-me, falando animadamente com ele, finjo que é uma amiga ligando, digo assim "miga, você não adivinha onde estou!" e vou passando no meio das poltronas rumo à porta do vagão, desço na plataforma, mochila nas costas, telefone no ouvido, de olho nos movimentos do casal brasileiro.

Vejo os dois saindo do vagão à frente do meu, "eles saíram, Gabe, e agora?". "Fica de olho, mana, se eles ficarem você corre para o trem no último segundo, se não, você deixa o trem ir embora com eles." "O que acha que vão fazer? Peraí", tô olhando de rabo de olho e fingindo que converso com a Sag, gesticulando, olhando, chego mais perto da porta do meu vagão, olho de novo, os dois estão parados, toca o sinal do trem, finjo que vou entrar, boto o pé no degrau, eles sobem rapidamente no vagão deles, tiro o pé, as portas se fecham. "Fintei os dois, maninho! Ufaaaaa! Lá vai o trem, com os brasileiros dentro! Enganei os bobos na casca do ovo! Uhuuu!" "Boa, mana, agora é só esperar o próximo trem, em dezesseis minutos. Ahhhhh, tô aliviado aqui, mana, os dois celulares não estão mais aparecendo na área do seu! Yesssss!" "Oba, dá tempo de ir ao banheiro e comprar um lanche. Vou fazer isso, Gabe, te ligo quando entrar no próximo trem. Ei, maninho!" "Oi, mana?..." "Obrigada! Não sei o que faria sem você!" "Ainnn, de nada! Beijo!"

Agora estou no outro trem, tranquila, mas me ocorre que, quando chegar, posso ter o desprazer de encontrar o casal na estação, esperando que eu desça para voltar a me seguir. Que que eu faço? Hummm... Se estão me seguindo há tempos, devem ter visto que comprei meu bilhete para a estação Waverley e com certeza vão esperar lá a chegada do próximo trem... Nesse caso, vou descer antes, na estação Haymarket, e de lá pego um táxi até o hotel... Mas peraí... eles devem saber, a esta altura, em qual hotel eu fiz reserva... Pronto, decidido, vou mudar de hotel. Pesquisa rápida... hotel no centro de Edimburgo, pronto, achei um hostel bem em conta! Reservado. Não vou mais para o hotel onde fiquei com vovó. Agora eu entendo o que ela quis dizer com a segunda frase no bilhete da estação King's Cross! Pois bem, estou evitando duas más companhias, vó! Quero ver eles me acharem! Quando quero, sei me esconder, fico quieta, sumida, um tempo enorme.

Aprendi com vovó todas essas brincadeiras: pique-pega, pique-esconde, pique-murinho... Quando eu me escondia, ela me dizia para não ter medo de ficar quieta no escuro, para me concentrar na minha respiração, pois assim eu não ficaria impaciente e correria para ficar a salvo antes de ser encontrada. E todos esses jogos que ela me ensinava – hoje eu sei – eram também ensinamentos para a vida. Há momentos em que a gente precisa se recolher e esperar. É isso que vou fazer hoje, ficar no esconderijo para não ser encontrada.

O trem para na estação Haymarket. Antes de descer, verifico se os meus acompanhantes estão na área. Mando mensagem para Gabe: "estão por aqui, maninho?". "Não, mana, não estão no perímetro do seu celular, pode se mandar! Mas antes troque o chip do seu celular por um número daí, porque os arapongas devem ter você no rastreador deles também." "Boa ideia, Gabe!"

(Pausa para uma constatação: esse maninho é mesmo genial, eu não teria pensado nisso!)

Na loja de jornais e revistas, que aqui se chama agência, compro logo um chip novo e mando o número para Gabe rastrear. Não dá dois minutos e recebo dele um sinal de positivo. Pronto! Pego logo um táxi, em quinze minutos estou no Castle Rock Hostel, bem no coração de Edimburgo. *Check-in* feito, um quarto com mais duas meninas, um bom banho, ufa... posso enfim descansar!

Antes de dormir, tomo um chá e converso um pouco com as duas companheiras de quarto. Larissa, pouco mais velha que eu, também é brasileira e está rodando a Europa já há três meses. Passou pelo leste europeu, trabalhou em algumas cidades em troca de hospedagem e agora está fazendo a mesma coisa aqui em Edimburgo. Fica seis horas por dia na recepção do hostel e tem salário e hospedagem. A outra, holandesa, chama-se Maureen, deve ter quase trinta anos, está na Escócia concorrendo a um emprego na área de tecnologia da informação. Larissa me diz que tem cada vez menos vontade de voltar para o Brasil, onde deixou os pais e duas irmãs, em Cuiabá. Foi aprovada para cursar

medicina na universidade federal, mas, desiludida com a profissão, resolveu se mandar com o mochilão.

– E você – ela me pergunta –, o que faz aqui? Turismo de mochilão?

– Digamos que estou fazendo uma viagem de recordação…

– Como assim?

– Estou refazendo o percurso de uma viagem que fiz com minha avó em 2019.

– E onde está sua avó? No Brasil?

Acho melhor não contar a história toda. Pelo menos por enquanto, até conhecer melhor essa menina, muito simpática, a gente se deu bem de cara. Mas é melhor não contar a missa toda, só a metade.

– Não sei onde ela está. Da última vez que a gente se falou, ela e meu avô estavam no Brasil, fazendo distanciamento social, durante a pandemia, em 2020. Depois os dois não deram mais notícias, sumiram.

– Nossa, que barra! Sabe que também perdi meus avós na pandemia? Foi horrível. Aliás, foi terrível estar no Brasil em 2020. Tivemos que ficar isolados, não podíamos visitar ninguém, nem pudemos nos despedir dos dois quando morreram.

– Nossa, acho que quem viveu a pandemia no Brasil carrega esses traumas! Foi terrível mesmo!

– Sim, demos azar de ter no país um governo negacionista. Na verdade, um governo que deixou morrer muita gente. Você se lembra da tragédia da mortandade em Manaus?

– Claro que me lembro! Minha avó ficava desesperada quando me falava sobre isso.

– Por isso que eu decidi não fazer medicina lá, depois de ver alguns médicos receitando remédios sem eficácia comprovada, pouco se importando com os profissionais de saúde que trabalhavam nos hospitais... Desencantei de vez!

O chá que estamos tomando parece agora ter ficado amargo, melhor parar com essa prosa e ir dormir, porque já é tarde.

– Boa noite, Larissa! Bom conhecer você.

– Boa noite! Durma bem.

Mas dormir como? Toca o celular, é minha mãe:

– Filha, por que você trocou de número? Estou feito louca tentando falar com você no outro, se não fosse o Gabe eu já teria morrido de agonia...

– Calma, mãe, senta que lá vai história! Hehehe hehe! Vou contar tudinho, até porque você vai descobrir mesmo, né, sua jornalista?

Conto a ela que havia um casal de brasileiros me seguindo, mas que eu os despistei com ajuda do meu irmão, blá-blá-blá... Faço isso com todo o cuidado para que ela não se assuste, daí ela sente que tenho algum controle da situação. Faz mil recomendações:

– Fica de olho, minha filha, não duvido que esses dois estejam atrás de seu avô e de sua avó, por causa da militância deles.

– Pode deixar, mãe, mudei tudo o que eles podiam saber a meu respeito, estação de chegada, hostel, telefone que eles podiam rastrear, tudo!

– Ah, e avise na recepção do hostel para não darem informação sobre você a ninguém, em caso algum! Vai que descobrem onde você está!...

– Pode deixar, mãe, fica tranquila. Agora vou dormir, porque amanhã quero estar cedo lá naquela Câmera Obscura.

– Boa noite, querida, durma bem!

Beijos pra lá, beijos pra cá, enfim, paz para dormir!...

IMPROVÁVEIS MENSAGEIROS, DE NOVO!

Quando chegamos a Edimburgo, minha avó se preocupou em mapear as atrações turísticas relacionadas às histórias de Harry Potter. Nosso objetivo, então, era percorrer essas atrações. Mas nada impedia que, no caminho, a gente parasse para ver outras coisas interessantes, como o Museu Nacional da Escócia, o Castelo de Edimburgo, a torre chamada Scott Monument, em homenagem ao escritor Walter Scott – minha avó admirou longamente esse monumento, dizia que é fantástico um país homenagear assim um escritor. Depois disso, vimos em Dublin homenagens a James Joyce e a Oscar Wilde – mas nada é tão monumental quanto aquele de Edimburgo, ela dizia, saudosa da admiração que havia sentido aqui.

Uma das poucas brigas sérias que tive com minha avó foi quando ela me disse que os livros do Harry Potter traziam uma "filosofia de segunda mão". Disse isso assim, sem mais nem menos. Andava irritada com algumas declarações da J. K. Rowling, que considerou transfóbicas. Minha avó era assim, sabia separar a obra literária da biografia do escritor, mas, nesse caso, desconfio que ela não havia feito essa crítica por saber o quanto eu e Gabe gostávamos das histórias do pequeno bruxo. Bastou essa pisada na bola para ela começar a apontar os defeitos das narrativas, sem negar a grande criatividade da autora.

– Mas criatividade não é tudo, uma obra literária precisa ter mais. Daí ela insere essas frases "filosóficas" nas histórias, mas quem lê filosofia sabe identificar de onde ela tirou, aliás, sem mencionar as fontes.

– Ah, vó, tenha dó! Não venha falar mal da Rowling pra mim, tá? Eu li todos os livros e amei de paixão!

– Pode amar, ué! Mas quando você for mais velha e tiver lido outras coisas, vai me dar razão – ela dizia, meio azeda.

E não é que ela estava certa? Depois de ler outros escritores, inclusive o Baudelaire, que foi ela quem me deu de presente – *Flores do mal*, conhecem? Eu amo esse livro! –, andei lendo outros, já na Irlanda, como o Shakespeare, que meu avô adorava e vivia lendo e relendo e dizendo que ele era demais, que todas as paixões humanas estavam em movimento nas histórias dele – pois bem, depois de ler também outros autores que mexeram comigo, como o Oscar Wilde, entendo bem o que minha avó quis me dizer com essa crítica. Filosofia de segunda mão é uma expressão que ainda resisto em usar, mas já reconheço que a Rowling acabou pendendo para a autoajuda nos seus livros.

(Pausa para mais carinho: minha avó ficaria redonda de orgulho se soubesse que já li o Machado de Assis e ainda apresentei esse grande escritor brasileiro em um evento cultural da minha escola. Eu quero muito poder dizer a ela que... ameeeeiiii!)

Mas voltando a Edimburgo e seu clima literário, lembro que passeamos bastante pelo que considerei o mais cultural dos roteiros turísticos. A cidade respira e inspira as narrativas do Harry Potter, com atrações turísticas como o café frequentado pela Rowling enquanto escrevia o primeiro Harry Potter, chamado The Elephant House.

(Pausa para informação: depois de nossa viagem a Rowling desmentiu que tivesse escrito o primeiro livro nesse café, mas a aura ficou. Turistas e mais turistas continuam visitando o lugar neste momento, estou parada na calçada em frente ao café e as mesas estão todas ocupadas. Está cheio, o lugar, mas nenhuma daquelas pessoas me é familiar... Hummm... eu acho que meus avós não frequentariam este lugar, só acho...)

Minha avó era só entusiasmo quando entramos no Castelo de Edimburgo e também quando nos perdemos pelas ruas estreitas do centro da cidade, que exalavam histórias de mistério. Mas eu estava mais atraída pela Câmera Obscura e pela mostra de fenômenos óticos que iludiam nossos sentidos. Foi assim que entramos naquele prédio onde "nada é o que parece" e gastamos umas boas horas lá dentro. Resolvo esquecer o café e me encaminho para lá. Quem sabe encontro outro bilhetinho, outra pista, algo que me dê uma direção para continuar procurando por meu avô e por ela?

Eu me lembro dos espelhos partidos na entrada do prédio e vejo que eles continuam no mesmo lugar. Vou entrando e percorrendo as salas, vejo novamente os espelhos deformantes, que nos deixaram tão engraçadas na primeira visita. Depois passo à sala dos globos coloridos, que se reproduzem infinitamente em um jogo de espelhos, uma festa para os olhos! Vou seguindo para a sala que fotografa o calor do corpo e – nossa! – como o meu está quente com esse suéter! A mancha mais forte está sobre meu coração. Não é pra menos, né, vó? Quase morro de ansiedade nesta viagem! Chego à sala do banquete dos decapitados, que cria a ilusão de que nossa cabeça repousa em uma bandeja sobre a mesa, em meio às frutas. Revejo claramente minha avó fotografando meu rosto que se fingia de morto sobre a mesa, rindo muito! Dali passo à Sala de Escher, já desanimada. Não espero mais encontrar pistas aqui. Agora escuto um chamado para a exibição das imagens da cidade na Câmera Obscura e me reúno a um grupo que sobe as escadas. Em volta do painel, viajo nas imagens que minha avó tanto admirou, enquanto a apresentadora explica cada close, cada flagrante de ruas, prédios e pessoas. Termina a exibição e me disponho a sair, quando ouço:

– Menina do cabelo azul, até que enfim você apareceu!

Levo um susto. A moça, apresentadora das imagens, está falando comigo! Espero. Recebo de suas mãos um bilhete.

– Alguém deixou esta mensagem para você, querida.

Rose é o nome no crachá.

– Alguém?

– Sim, uma senhora muito simpática, com a qual conversei muito. Mas não me pergunte mais nada, pois não peguei nem o nome dela! Só prometi que ia lhe entregar isso.

– Como sabe que isso é para mim?

– Pela descrição detalhada que ela fez de você.

Descrição, aliás, muito amorosa. Foi isso o que me fez aceitar a tarefa de guardar esse papel até você aparecer aqui.

Agora sinto um nó na garganta, uma vontade de chorar. Tenho certeza de que minha avó está por aqui, em algum lugar. Nem posso continuar fazendo perguntas, porque a moça já começa a receber outro grupo para a apresentação da Câmera Obscura. Agradeço gaguejando emocionada e saio, deixo para abrir o papel já na calçada, depois de respirar fundo:

> *Quem muito pensa pouco faz.*
> *O Pensador procrastina.*
> *Pense em quem você quer encontrar*
> *e procure, com atenção.*

Caramba, vó, de novo essa história de procrastinação? Agora me sinto meio perdida, e, nessas horas, o que a gente faz? Pede a ajuda de mãe, tia, irmão, o escambau! Ligo para minha mãe.

– Mãe, estou saindo da Câmara Obscura. Põe no viva-voz pro Gabe também participar da conversa, por favor...

Relato a conversa que tive com Rose e leio o conteúdo do papel. Eles pensam, pensam, trocam ideias e meu irmão diz:

– Tenho um palpite, mana. Vá aonde você foi com ela depois de visitar esse lugar aí, repita todos os passos.

– Eu lembro que fomos visitando todas as lojinhas que vendem funko pops, aqueles bonequinhos de vinil, lembra, Gabe?

– Sim, vocês me trouxeram dois, claro que me lembro! Então vá para as lojinhas, ande por elas, com certeza tem pista lá pra você!

– Filha, é o palpite mais provável, você tem de refazer os passos que deu com sua avó aí. Alguma coisa você vai encontrar.

(Pausa para um detalhe: não sei como minha mãe estava se segurando para não gritar, de tanta ansiedade que tinha na voz. Vai correndo ligar para minha tia, aposto!)

UMA RUA ENCANTADORA

Vovó e eu adoramos andar pelas ruas próximas ao Holyrood Park! Uma sucessão de lojinhas charmosas, que vendiam os tais bonequinhos, na verdade miniaturas em vinil de super-heróis, personagens de fantasia e de ficção de todos os tipos, inclusive os das narrativas do Harry Potter. Claro que fiz questão de entrar em todas as lojinhas e acabamos comprando algumas personagens para mim e Gabe, além de uma mochila linda que levamos para ele! Até mesmo uma pequenina Mulher-Maravilha minha avó comprou, para presentear uma amiga muito querida, que é médica e costuma se fantasiar como essa heroína ao fazer ronda pela ala pediátrica do hospital.

Eu sempre me achei muito sortuda por ter nascido quando minha avó tinha cinquenta anos. Gabe nasceu quando ela tinha cinquenta e quatro. Nós tivemos avós relativamente jovens, tanto ela quanto meu avô eram ainda bem jovens quando se casaram – ou quando se meteram na aventura de construir uma vida juntos, como ela gostava de dizer. Ou quando juntaram os discos de vinil, dizia meu avô. Pois bem, dos discos de vinil até hoje os dois acompanharam muito bem a evolução da tecnologia. Sempre tiveram computadores e celulares, sempre me ensinaram a lidar com a tecnologia digital em diferentes ocasiões, até o momento em que eu é que passei a dar a eles dicas para usar essas ferramentas.

Até hoje dou risada quando me lembro do dia em que meu avô estava usando o site do banco para fazer alguns pagamentos pela internet. Comecei a movimentar remotamente o cursor, sem que ele suspeitasse que estava lhe pregando uma peça. Meu avô quase pirou, pensando que haviam hackeado o computador dele, invadindo sua conta bancária. Quando soltei uma risada bem atrás dele, mostrando que era eu a causadora da sua aflição – bem, ele me olhou com uma mistura de susto e alívio no rosto, abriu um largo sorriso e se limitou a dizer: "sua danadinha!". Eu tinha uns dez anos...

Se não fosse antenada e ligada nas tecnologias, minha avó não se animaria a andar comigo por todas essas lojinhas entulhadas de personagens e toda sorte de artigos inspirados neles. Quando chegamos à terceira loja, ou seja, esta em que estou entrando agora, a Forbidden Planet, ela me avisou que queria se sentar para um café. "Tá cansada, idosa?" "Claro, sua nerd, andar com gente jovem não é moleza, não!" "Então vamos tomar um café, depois a gente volta aqui, tá?" Andamos mais um pouco, como estou andando agora, rumo ao café, uns trezentos metros adiante, perto daquela esquina, e... o que vejo? Não acreditooooo! Por que não prestei

PROCAFFEINATION
COFFEE-TEA

atenção a esse nome antes? PROCAFFEINATION! Sacam? Procrastinação misturada com café! E a clássica imagem do Pensador! Agora os bilhetes de Camden Town e da Câmera Obscura fazem sentido!

Mas que The Elephant House, que nada! Minha avó queria que eu descobrisse era esse café, gente! Basta atravessar a rua para entrar nele! Não vou fazer suspense, porque a ansiedade aqui já está no nível *hard*! Olho para um lado, depois para o outro... aí o celular toca! É Gabe, todo preocupado!

– Maninha, onde você está? Achou o tal lugar?

– Acheeeeiiiii! Você não vai acreditar! Estou em frente ao café das pistas que vovó mandou!

– Não entra agora, mana! Os tais celulares dos arapongas estão novamente perto de você. Dê um jeito de despistar os dois antes!

– Ah, não! Que inferno! Mas como foi que me descobriram? Estou vendo os dois, ali, a uns trinta metros, fingindo que olham uma vitrine! Que raiva!

– Finge que não está vendo e entra no café. Não olhe em volta, vá direto ao balcão, peça um *flat white* e pergunte onde é o banheiro. Vá para lá e aguarde. Se a mulher entrar no banheiro também, caia fora daí. Se não, volte, beba o café no balcão e espere.

– Boa, Gabe! *Flat white* é o preferido da nossa avó, lembra? Foi isso que ela pediu quando estivemos aqui! Vai funcionar como uma senha.

– Uma senha só para você entender, né? – Gabe ri alto. – Calma, mana, não tenha pressa. Faça isso. Desligo e fico de olho no rastreador aqui. Qualquer coisa, se achar que estão perto demais, ligo outra vez. Beijo, mana!

Sou forçada a concordar que minha ansiedade está tão alta que me levou até a inventar uma senha. Ainda bem que meu irmão me puxa o pé. Putz! Agora, o que tiver de ser, será. Respiro fundo e me preparo para entrar no Procaffeination.

Dou de cara com um balcão todo em madeira escura, pousado sobre azulejos coloridos, iluminado por três grandes luminárias bem antigas saindo do teto muito alto. Sobre ele, máquinas de café e de cerveja, vitrine aquecida, com grande variedade de sanduíches prontos. Na parede atrás do balcão, três prateleiras com garrafas de bebidas e, acima delas, um quadro preto com o cardápio e os preços escritos em giz branco. No ar, uma mistura de aromas, tipo café e torradas com manteiga, ou pão de banana, sei lá, só sei que me sinto confortada por esse ambiente. Para completar, ouço uma música de ritmo suave, mas bem brasileiro: "*brazilian jazz*", é como eles chamam aqui a bossa nova. Gente, não acredito! É o vozeirão do Tim Maia, que meus avós me ensinaram a ouvir, cantando em inglês uma música do Tom Jobim:

So close your eyes, for that's a lovely way to be
Aware of things your heart alone was meant to see ...

Acho que essas impressões, em poucos segundos, fazem com que eu me sinta acolhida neste lugar, porque é com um sorriso que me dirijo à moça atrás do balcão e peço a ela um *flat white* e uma fatia de pão de banana, iguaria tradicional do Reino Unido. Pergunto pelo toalete e ela – Debora é o nome no crachá – me indica o caminho, cruzando o salão com algumas mesas, no lado oposto ao balcão, depois de um salão com piso de tábua corrida. Entro no banheiro e ligo para o mano, cochichando:

– E aí, onde estão os arapongas?

– No mesmo lugar – ele diz –, devem estar esperando você sair.

– Vão esperar muito. Vou me sentar e tomar meu café muito lentamente, saboreando um pão de banana. Dane-se! Quero descansar. O café está vazio, só eu de cliente.

– Vai, mana. Continuo de olho aqui. Se eles forem no seu rumo lhe mando um bipe, não vou ligar para não chamar a atenção deles, tá?

Volto ao balcão e já encontro meu café e meu bolo em uma pequena bandeja. Ao lado da xícara um guardanapo e um papelzinho dobrado. Debora diz: "garota do cabelo azul, tem um bilhete aí pra você". Eu sabiaaaa! Minha avó não ia me mandar aqui à toa! Agradeço e procuro uma mesa, mais atrás, perto da janela, de onde posso ver a rua. Abro o bilhete e reconheço a letrinha de professora:

Para sair do labirinto, vire sempre à esquerda. Proclame bem alto seu destino: você se livrará de seus demônios e encontrará o que procura.

Essa não! Que mensagem mais enigmática! Vó do céu, que história é essa agora? Debora chega perto da minha mesa:

– Ela disse que você vai se lembrar da referência literária usada no bilhete. E que é para divulgar.

– Você é brasileira de onde? – pergunto, sorrindo.

– Beagá. E você?

– Brasília. Essa "ela" que você fala, quem é?

– Uma senhora brasileira de mais ou menos sessenta e cinco anos, cabelos brancos cacheados, olhos verdes e um sorriso enorme! Não me disse o nome, mas me disse que uma garota do cabelo azul, também brasileira, viria e que era para lhe entregar o bilhete. Ah, e também me disse que meu nome no crachá está sem o acento no "e"! Aposto que ela é professora de português, né?

– Bem, se for quem estou pensando, é professora, sim. E das que corrigem tudo!

Rimos juntas, eu, de nervoso, porque acabo de virar a cabeça, e o que vejo?

Justo nesse momento, quem está do outro lado do vidro da janela, na calçada? Toca o bipe no meu celular, é Gabe me avisando que os arapongas estão entrando. Finjo que estou lendo alguma coisa, espero que entrem, Débora volta para o balcão e espera. Respiro fundo e tomo meu café calmamente – aparentemente, né? –, comendo meu pão de banana e olhando a tela do telefone. Finjo que não vejo o casal, que pede dois cafés e se acomoda a duas mesas de distância da minha. Espertinhos, hein? Nem tão longe que não possam ouvir minhas conversas, nem tão perto que possam levantar suspeitas! "Proclame bem alto o seu destino"... Hummm... Já sei o que vovó quis dizer com isso.

Quando Débora lhes traz a bandeja com os cafés, pergunto bem alto, em português:

– Débora, tem algum labirinto por aqui?

Ela pensa um pouco...

– Por aqui? Só o Banshee – diz com uma risadinha.

– Banshee? O que é isso?

– Um *pub*. The Banshee Labyrinth. Lá é muito bom! Música ao vivo, muitas luzes... e um labirinto enorme!

– Mas como assim, um labirinto dentro de um *pub*? Deve ser pequeno, então...

– Nada! É um prédio de duas fachadas, dois andares para o alto e ainda um subsolo. Foi construído sobre um antigo labirinto medieval, muito grande, que passa embaixo de uns três quarteirões. O *pub* aproveita algumas câmaras dele, onde há salas temáticas, todas com duas portas, uma sucessão de salas.

– Nossa, que bacana! Já estou louca para conhecer esse lugar! Deve ser incrível!

Os arapongas estão atentos, acompanham nossa conversa fingindo desinteresse.

– Ah, lá você encontra todas as tribos da cidade! Sem falar na música, que é muito diversa e variada!

– Oba! É para lá que eu vou hoje à noite!

– Ah, você vai adorar. Lá tem gente de todas as idades, porque o lugar é muito grande! Cada grupo no seu quadrado. Você vai encontrar sua turma, com certeza!

Ao ouvirem isso, os dois se levantam, pagam a conta e saem. Continuo ali, sorvendo com prazer meu café, degustando o gostoso pão de banana e conversando um pouco mais com Débora, que não escondia sua simpatia por mim. Tudo graças a minha avó.

Agora, com o estômago e o coração felizes, volto ao hostel. Na recepção está Larissa, meio preocupada, dizendo que um casal de brasileiros, muito simpático, esteve fazendo perguntas. Ela acabou confirmando que estou hospedada aqui. Então foi por isso que me localizaram outra vez!

– Tudo bem, Larissa! Eles me encontraram. Se era o que queriam, foi o que tiveram. Não se preocupe. Agora vou tomar um bom banho e descansar, porque hoje a noite vai ser animada.

Sozinha no quarto, repasso as instruções do bilhetinho de vovó. E me surpreendo com um sorriso, revendo esse jeito esperto de me dar as pistas durante toda a viagem. Labirinto, né, idosa? Você vai ver como sua neta é atenta! Ah, quero um banho, gente!

ARAPONGAS NÃO MORREM

Vovó gostava de me contar os casos de quando ela e vovô eram um casal jovem, cheio de sonhos e planos, com duas filhas para criar, prestações de apartamento para pagar e muita rebeldia a guiar o desejo de que tivessem um país melhor para as meninas viverem, com uma sociedade mais justa e menos desigual, essas coisas que preenchem os sonhos dos jovens casais idealistas.

Eles se mudaram para o apartamento que é o deles desde que me conheço por gente, "no ocaso da ditadura militar", como ela gostava de dizer. Acontece que ali era uma superquadra em que morava o pessoal da polícia federal e do temido SNI, o serviço de espionagem dos ditadores. Eram os chamados apartamentos funcionais, com aluguéis subsidiados para os funcionários do governo. Todos pacatos servidores públicos, vizinhos que gostavam de fazer churrasco nos jardins da quadra, e tinham os filhos frequentando a mesma escola pública.

Boa parte dessas pessoas trabalhava na repressão política da ditadura militar, quando não diretamente, prendendo opositores, indiretamente, desempenhando as funções de censores e espionando estudantes, professores e políticos.

(Pausa para uma informação importante: uma vez meu avô me disse que tinha certeza de que o telefone da casa deles era grampeado. Naquele tempo não existia telefone celular, só uma linha fixa. O jeito de interceptar chamadas era colocando um grampo na caixa dos fios telefônicos, na rua. O jeito de desgrampear era indo até essa caixa e tirando o grampo, literalmente. Sinistro, né?)

Meu avô, certa vez, atendeu à campainha e era a vizinha do terceiro andar, com um abaixo-assinado contra o fim da censura prévia de livros, discos, filmes, peças teatrais e obras de arte em geral. Com o fim da censura, ela temia perder o emprego público. Sim, havia censura prévia, momento em que os censores ordenavam cortes e mudanças no conteúdo dessas produções artísticas ou, simplesmente, vetavam a publicação de uma obra. Nem preciso dizer que, segundo minha avó, a vizinha saiu quase corrida da porta do apartamento deles. Um absurdo, onde já se viu?! Meu avô era calmo e ponderado na maior parte do tempo, mas nesse dia não teve a menor paciência com a censora!

Pois então. Esses espiões receberam o apelido de arapongas, como já expliquei. E vovó sempre me dizia, ao contar esses casos:

– Arapongas não morrem! Não mesmo!

– Que é isso, vó? Que exagero!

– Não morrem mesmo, querida! Você pode ver pelos pais de algumas amigas da sua mãe. Eram arapongas na ditadura, estão agora aposentados como velhos funcionários públicos, mas se houver uma volta do autoritarismo você vai descobrir que eles andaram treinando novos agentes durante todo esse tempo, que também vão espionar e cantar tão alto quanto eles cantaram na ditadura. Isso se eles próprios não voltarem às atividades!

– Credo, vó! Continuo achando que você exagera. Também não é assim…

Hoje, vejo outra vez como ela tinha razão, tanto que estou lidando com dois arapongas a me seguirem desde – quem sabe? – Londres? Paris?

Essas lembranças puxam outra, de quando cheguei à casa de meus avós e os dois estavam lendo, ele no escritório, ela na sala.

– Oi, gente! Que silêncio nesta casa! Também, os dois lendo… Eu podia entrar e sair daqui sem ser vista!

Aí minha avó me mostrou o livro dela, de um escritor argentino chamado Jorge Luis Borges. Naquela época eu não fazia ideia de que ele era, simplesmente, um dos grandes escritores da literatura mundial; hoje vovó ficaria orgulhosa se soubesse que li outros livros dele. Pois bem, era um livro de contos. Estava aberto em "Funes, o Memorioso". Mas ela tinha acabado de ler um outro, chamado "O Jardim de Veredas que se Bifurcam". Passou algum tempo me falando sobre o enredo – no qual um espião anda por um labirinto e é perseguido por outro espião –, sobre como Borges dialoga com a tradição do romance policial, como esse conto apresenta uma fixação do autor com o tempo e suas infinitas possibilidades. Fiz perguntas, ela respondeu todas e, depois, me emprestou o livro. Não li naquela ocasião, pois a gente estava se preparando para a mudança de país, só depois, quando já estava em Dublin, achei-o por acaso em uma caixa e comecei a ler. Não parei mais, enquanto não terminei. Essas são as "leituras da saudade", nome que minha mãe diz quando eu começo a ler um livro presenteado pelos meus avós.

Por que estou me lembrando disso agora? Bem, parece óbvio, não? No bilhete, minha avó fala em labirinto, em virar sempre à esquerda (claro, minha idosa favorita jamais penderia para a direita, gente!), vou ligando os pontos: tenho dois espiões que me seguem, agora ostensivamente. No conto de Borges, o espião é seguido por outro, que tem a missão de matá-lo antes que revele aos inimigos o nome de um local. Vai ser preciso despistar esse casal quando eu chegar ao *pub*, onde provavelmente – porque não aguento mais adiar! – vou encontrar meus avós. Minha avó está, na verdade, me dizendo como fazer para despistar os dois no labirinto. Ah, mais uma finta! Simples assim!

Mas. Sempre tem um "mas". Minha cabeça fervilha em dúvidas. E se não for isso? E se houver outros significados ocultos nas mensagens de vovó e nas minhas memórias? E se os dois não me seguirem até o *pub*? E se eu não conseguir despistar o casal lá dentro? Será que ir para o *pub* é mesmo a melhor escolha a fazer? Ligo para Gabe e conto a ele tudo isso – o labirinto, o *pub*, virar sempre à esquerda...

– Maninho, me ajuda! Resumidamente, é isso.

– Tranquila, mana. Vou pesquisar umas coisas aqui e volto a chamar você. Pode ir andando para o *pub*. O casal brasileiro está aí perto do hostel, a uns cem metros, na calçada oposta. Com certeza, esperando sua saída.

– Claro, só faltei gritar para onde ia! Tenho certeza que a intenção dos nossos avós é atrair os dois para esse *pub*.

– Sim, é a melhor maneira de se livrarem deles. Já fico aqui imaginando o que vai acontecer lá dentro.

Hehehehehehe! Vá de boa, ligo assim que levantar umas informações aqui.

– Beijo, maninho, já estou com saudade.

– Eu não! Hehehehehe! Está bem boa a vida de filho único! Beijoooooo!

Chega de ficar fazendo sinapses, vovó diria. Hora de me aprontar e sair para The Banshee Labyrinth!

QUE *PUB*, GENTE! QUE *PUB*!

Capricho na produção: minha melhor roupa de sair à noite, maquiagem, cabelo azulão bem escovado, no maior brilho! Na recepção do hostel, antes de sair, peço a Larissa que olhe se o tal casal está por perto, lá fora. Ela confirma que estão na calçada, a uns cem metros da porta. Decido então sair a pé, em vez de chamar um táxi. Consulto o mapa: dez minutos de caminhada! Não quero correr o risco de que percam meu rastro. Ainda não.

Apesar do frio, percorro o caminho como se estivesse passeando. Paro para comprar chicletes, olho uma e outra vitrine iluminada, aprecio o som da gaita de foles tocada por um cara vestido com traje típico escocês... Pequenas distrações que, imagino, fazem os arapongas pensarem que nem sonho estar sendo seguida. Chego, enfim, à rua Niddry e da esquina já vejo as luzes do *pub*. Uma pequena multidão se coloca à porta do Banshee, que está prestes a liberar a entrada. Olho ansiosa aqueles rostos, alguns encapuzados, mas não reconheço ninguém.

Impossível não parar para admirar a impressionante fachada. Um prédio de dois andares, que vai do número 29 ao número 35 da rua. Todo construído em blocos de pedra, com enormes portas e janelas ovaladas no alto. Um letreiro luminoso ostenta o nome "The Banshee Labyrinth" em letras brancas de estilo viking no fundo preto. Aos poucos as pessoas vão entrando e se dirigindo ao caixa, o que faz formar uma fila razoável. Aqui, nos bares e *pubs*, a gente paga na entrada uma taxa de consumação e, lá dentro, paga mais pelo que comer e beber. Na minha vez, o caixa pergunta:

– Você vai ficar no *lounge*, em cima, ou nas salas do labirinto, no subsolo?

– No labirinto, por favor.

Pago, pego meu bilhete e me dirijo à escada mal iluminada e estreita que leva ao subsolo, de onde vêm os sons de um rock pesado, mas ainda longe de mim. Mas paro para atender ao telefone. É Gabe, claro, com novas informações.

– Mana, a coisa tá ficando tétrica. Dei uma pesquisada na palavra "*banshee*" e... adivinha?

– Fala logo, já estou ansiosa o bastante!

– A *banshee* é um tipo de fantasma ou espectro feminino, de cabelos longos e roupa esvoaçante, que anuncia a morte com seus gritos. Tem a *banshee* jovem e bonita, mas azulada e fantasmagórica, e tem a *banshee* velha, horrorosa, vestida com trapos sujos. Os gritos delas são horríveis. Quem os ouve sabe que vai morrer ou que vai morrer alguém da família.

– Mano, isso é folclore aqui da Escócia! Agora a gente vai acreditar nisso? Pelamor!

– Tem mais! Dê uma olhada no texto de apresentação do *pub*, que copiei do site. Mandei agorinha pra você.

Abro o arquivo e leio:

Nosso local prova por que Edimburgo é realmente uma cidade Jekyll & Hyde! Metade do clube já fez parte dos infames "cofres subterrâneos" – refúgio de criminosos, ladrões e os muito desagradáveis. Foi nessas antigas favelas que muitos pobres e inocentes tiveram um fim terrível! Ironicamente, na porta ao lado, a frente do clube já foi a casa de um dos homens mais ricos de Edimburgo, Lord Nicol Edwards. Edwards foi Lord Provost de Edimburgo durante o reinado do Rei James VI da Escócia e I da Inglaterra e era considerado um homem vil – não apenas abusou horrivelmente de sua própria esposa, mas também tinha uma masmorra embaixo de sua casa, em que ele algumas vezes torturou pessoalmente bruxas suspeitas antes do julgamento.

Agora, junto com muitos outros espíritos, "The Banshee" assombra esse labirinto. Ao reformar o local, um grupo de trabalhadores acreditou ter ouvido um grito terrível. Poucas horas depois, um deles recebeu um telefonema informando que um membro da família havia falecido.

– Creeeeeedoooo, Gabe! Nesta altura dos acontecimentos, o que eu não preciso é conhecer o lado Hyde desta cidade! Ainda bem que é só um livro!

– Sim, Sofia! Livro, filme, muitas personagens inspiradas nos dois. Por isso achei melhor avisar, você está entrando num lugar com história. E que história!

– Por falar nisso, onde estão os arapongas? Consegue ver?

– Sim, estão aí dentro, bem perto de você. Melhor se mandar para os labirintos. E não se esqueça: sempre à esquerda!

– Pode deixar. Vai começar a corrida. Preciso despistar esses dois, ora!

Beijos, beijos, boa sorte, mana, brigada, maninho... Lá vou eu pela escada.

Começo a descer os degraus junto com muitas outras pessoas. O cara na minha frente liga a lanterna do celular e logo eu o ultrapasso, andando na frente de todo mundo. Agora ando rapidamente em um corredor bem iluminado; já vejo, lá na frente, uma porta oval e, depois dela, a penumbra. Chego à primeira sala.

Agora meus olhos se acostumam, percebo uma mesa de sinuca, as bolas de todas as cores organizadas em triângulo, dois tacos encostados na borda de madeira, paredes e chão pretos, nenhum jogador, duas portas: uma à direita e outra à esquerda. Nem hesito, vou pela esquerda.

Olho por cima do ombro e lá vem um punhado de gente, com o casal de arapongas se destacando em meio àquelas pessoas jovens. Agora o corredor é escuro, com alguns pontos de luz negra bem espaçados, algumas pessoas brilham, outras somem, parece um lugar pensado para criar certa confusão de sentidos na gente. Começo a acelerar, desviando das pessoas que andam devagar.

Já me vejo em outra sala, fraca luz saindo das paredes perto do chão escuro, teto arredondado, música alta tocando um rock da banda escocesa The Snuts: *Did your daddy ever tell you you've got nothing to lose?* Algumas pessoas ocupam mesas pequenas, dispostas ao longo da parede, bebendo, falando tão alto quanto a música que toca. *So come on, people, burn the empire.* Dois candelabros góticos iluminam as portas. Corro para a esquerda. Olho para trás de relance, não vejo o casal de brasileiros. Opa, peraí! Ah, não! Eles acabam de surgir, vindo pela mesma porta que eu escolhi! Disparo.

Agora tenho à minha frente um corredor a meia-luz, com grandes tijolos de pedra, que me leva à próxima sala: um telão com um cara cantando heavy metal entre cortinas vermelhas, teto arredondado, pouca luz saindo das paredes, um som infernal (conheço essa banda: Hellripper). Algumas pessoas conversam – quer dizer, gritam umas com as outras – e bebem, mas não há lugar para sentar, está todo mundo em pé, alguns dançando freneticamente.

Novamente duas portas.

(Pausa para arrependimento: por que não perguntei na entrada quantos corredores e quantas salas tem esse labirinto, genteeee?)

Porta da esquerda, corredor de paredes rústicas, mal iluminado, nova sala. Já estou correndo mesmo, que coisa mais louca! Agora vejo outra mesa de sinuca, esta verde, com duas lápides de cemitério em cima. Nem paro para ler o que há escrito nelas, bem que o Gabe avisou que o negócio é tétrico! Nem paro mais, passo direto e continuo a correr pela porta da esquerda.

Mais um corredor escuro, e agora uma sala totalmente gótica! Geeeennnte! Que lugar incrível! Tem até um trono tenebroso, umas gárgulas surreais que parecem prontas a pular da parede, teto redondo, paredes cinza-chumbo, cortinas de veludo preto! Tenho de me lembrar de voltar aqui depois que as coisas se acalmarem! Pena que tenho de sair correndo, mano!

Agora entro em uma sala muito louca, desta vez com muitos espelhos deformantes, uma atmosfera de penumbra, cheiro forte de patchouli e – uma curiosidade! – um boneco de ventríloquo sentado em um banco tosco de madeira escura, que parece me olhar com cara de mau... Sinto um arrepio e aperto o passo, mas, claro, antes me certifico de que o casal dos infernos não está à vista! Pego outro corredor... Olho para trás e não vejo mais o casal.

Estou agora em uma sala com pouca iluminação, em tons de azul. Vejo um bar com muitas garrafas refletindo a luz que vem do chão. Muita gente jovem conversando e bebendo. Um carinha começa até a me paquerar, mas não tenho tempo agora. Em pé, sozinho num canto, um homem parece me olhar. Tenho a sensação de que já o vi antes, mas é como minha avó diria: "um homem parado no canto da sala é só um homem parado no canto da sala, não necessariamente significa algo". (Sim, ela falava esse tipo de coisa quando me via procurando significado ou explicação para coisas ou situações sem importância...)

Acho que consegui despistar os arapongas, eles devem ter ficado sem saber qual porta pegar quando não me viram em alguma das salas. Espero que não saibam que, em um labirinto, você deve sempre virar à esquerda. Minha avó dizia que se trata de gente inculta, então conto com isso! Compro uma garrafa de água mineral e sigo o caminho labiríntico.

Passo agora por um corredor que tem uma pesada porta de ferro, gradeada, como aquelas dos antigos calabouços. Penso em parar para olhar a escuridão, mas a luz começa a se tornar mais fraca. Vejo dois pares de algemas, daquelas antigas, de ferro fundido, pendurados perto da fechadura. Realmente, depois preciso voltar a este *pub* com calma, para ver melhor todas essas coisas muito loucas!

Aperto o passo, ansiosa pela próxima sala, que me mostra um bar. Algumas mesas de madeira bem antigas, bancos com encosto de ferro, a única iluminação vem da luz atrás das garrafas de bebidas de todas as cores, das velas em cima de cada uma das seis mesas e de um *jukebox* (sabe aquelas máquinas em que você escolhe a música?) lá bem ao fundo, entre as duas portas. Espalhadas pelas mesas, algumas pessoas conversam baixo. Aperto os olhos, apuro os ouvidos, não sei se é meu desejo ou imaginação, mas me parece ouvir vozes falando português. Escuto a voz da Rita Lee cantando "Baila comigo"... Será possível, ou eu estou delirando? Olho a minha volta e não reconheço pessoa alguma. Mas a música, gente, por que está tocando logo essa música? "Como se baila na tribo... ba-ba-baila comigo..." Inspiro, expiro, espero meus olhos se acostumarem melhor... opa! Parece que vejo o rosto de meu avô iluminado pela vela de uma das mesas. Ao lado dele, minha avó. Tento chegar até eles, mas...

Agora tudo começa a girar, não sei se corro ou se procuro um lugar para sentar. “Ba-ba-baila comigo lá no meu esconderijo...” Sinto que estou sumindo, devo estar imaginando coisas...

DOCE DESPERTAR

– Sofia!... Sofiaaaa...

Escuto alguém me chamar, longe, muito longe...

– Sofiaaaa... Querida, abra os olhos...

Agora um sopro no rosto... Um carinho na bochecha... Uma voz mais forte, um barulho de dedos estalando... Abro os olhos e vejo, bem perto do meu, o rosto do vovô, sorrindo enquanto estala os dedos, igual a quando eu era criança e ele ia me acordar, fazia isso para me irritar... Só que agora esse barulhinho não me irrita, pelo contrário, acende meu ânimo e me dá vontade de sair pulando de alegria.

– Não acredito!... Vô?!... Vô, é você mesmo?

– Sim, queridinha...

Ah, nem! Só quero ficar deitada aqui, de olhos fechados, enquanto vovô beija minha bochecha, dizendo que saudade! A gente se abraça de um jeito há muito esperado, de gente que não quer mais se desabraçar! Que alegria, que felicidade é ganhar esse abraço tão conhecido, tão saudoso! E o cheirinho? "Vovô, seu cheirinho ainda é o mesmo!" "O seu também, queridinha!" É riso com choro, choro com riso, ah, que alegria, que felicidade! "Baila comigo, como se baila na tribo..."

Por cima do ombro de vovô vejo agora, entre as lágrimas, o rosto de vovó! O sorriso de vovó! Os olhos molhados de vovó! Os cabelos cacheados de vovó! O silêncio de vovó! O abraço apertado, os beijos, o cheiro – ahhhhhhhh que felicidade, que alegria, gente! A minha avó, gente!

– Querida, que saudade, que saudade! Nem acredito – diz ela, me apertando, apertando...

Agora estamos os três, abraçados, calados, um olhando para o outro, todos com lágrimas nos olhos, muita emoção, muito carinho, tudo muito intenso! De certa forma, nos meus sonhos, desde que recebi o primeiro bilhete de vovó, foi assim que imaginei nosso reencontro. Só não neste lugar pouco iluminado nem com a voz da Rita Lee cantando. Ah, a vida real às vezes supera o sonho, né, gente?

Então. Quando apaguei, eles me deitaram no banco, em um canto menos iluminado. Foi uma forma também de me esconder caso os arapongas chegassem.

– Cadê eles? Vocês viram o casal de brasileiros que estava me seguindo?

– Não, querida! Você despistou os dois direitinho. Estamos esperando aqui os nossos amigos, que vão nos contar o que houve com eles.

– Como assim, vó? Aconteceu alguma coisa com eles?

– Nada grave, querida! Talvez sejam deportados, quem sabe? Mas antes vão passar uns apertos...

Ela olha para a porta da direita enquanto diz isso. Por ali estão agora entrando quatro homens que parecem conhecer meus avós. Aliás, as outras pessoas naquela sala, todas elas, parecem conhecer os dois e parecem estar, também, emocionadas com nosso reencontro!

– Querida, conheça nossos amigos – diz vovô. – Jason, Daniel, Ian e Jack, esta é nossa neta Sofia.

– O homem do canto, vó! Ian, você estava parado no canto de uma das salas, né?

– Não apenas eu, Sofia, cada um de nós esteve seguindo você em diferentes momentos, assim como vigiamos o casal de brasileiros. Foi um pouco por causa do Dan que eles pegaram a porta da direita na quinta sala.

Nesse momento, todos os que estão na sala batem palmas. Parece que não foram apenas esses que ajudaram meus avós, há umas trinta pessoas aqui e, pelo que observo nos rostos e nas roupas, de diferentes nacionalidades. Os quatro, muito tranquilos e confiantes, após me cumprimentarem, contam que o casal de brasileiros pegou a porta errada – a da direita – na quinta sala do labirinto, porque eu havia sumido deles. Como me viram pegando a porta da esquerda três vezes, na quarta, apesar de não me verem, eles também foram pela esquerda, já na quinta devem ter pensado que eu havia mudado de estratégia. E foi aí que se deram mal, porque o único jeito de corrigir esse erro seria fazendo o caminho de volta. Mas eles não podiam perder tempo.

(Pausa para um questionamento que você, leitor/leitora, pode fazer: "mas por que eles não se separaram quando perderam você de vista, indo um para cada lado?". Bem. Minha avó diria que arapongas são burros, mas isso não explica. São estrangeiros arriscando serem descobertos. Um não quer deixar o outro sozinho, saca? Acho também que um araponga não confia em outros. Hehehehe.)

– E agora? O que acontece com eles? – pergunto.

Daniel me olha com uns olhos muitos azuis e um largo sorriso:

– Vamos deixar os dois vagarem um tempo pelo subterrâneo das antigas masmorras. Depois avisamos a polícia, que vai resgatá-los. Quando fizerem a verificação dos documentos deles, vão ver que se trata de espiões ilegais de um grupo clandestino da extrema direita brasileira. Aqui eles não têm vez, vão ser deportados, com certeza, mas antes serão presos.

– E é bom que seja assim – diz Jack. – Esse episódio vai alertar as autoridades escocesas para a entrada de espiões estrangeiros. Bem, é o que esperamos agora.

Agora chega um casal muito alegre, dizendo que é hora de brindar ao sucesso do plano de meus avós! Todos levantam seus copos de cerveja e gritam: "*slangé vor*" (escreve-se "*slàinte mhòr*", minha avó já me explica), que em gaélico escocês significa "boa saúde".

Tanta coisa eu tenho ainda para perguntar, mas o clima é de festa. Muitos risos, muita cantoria, vários brindes, tanto barulho que nem percebo meu celular tocando. Por enquanto, só quero ficar com meus avós, sabê-los bem vivos e sentir que me amam. Por enquanto.

Em alguns momentos, em meio a essa festa, penso nos arapongas, que devem estar vagando pelas antigas masmorras subterrâneas, procurando o caminho de volta ou uma saída, sei lá, enquanto ouvem os gritos das *banshees* fantasmagóricas ecoando no labirinto...

(Pausa para provocação: você deve estar pensando que este pequeno capítulo é muito fraquinho para dar conta do tamanho das emoções que rolaram nessa noite, né? Mas eu sou assim mesmo, quando fico muito feliz, sou sintética. Perdoe-me se você esperava derramamento de pieguices, tá?)

BIFURCAÇÕES

Em quantos momentos de toda esta história eu poderia ter tomado outras decisões, diferentes daquelas que decidi tomar? E que rumo teria esta narrativa se eu tivesse, por exemplo, decidido não ir à Casa de Sherlock Holmes? Ou se, em vez de driblar o casal de arapongas, eu tivesse simplesmente descido do trem na mesma estação que eles, em Edimburgo? Fico imaginando os desdobramentos de tudo o que narrei até agora se, por acaso, eu não tivesse levado a sério o primeiro bilhete que recebi de vovó, no dia do meu aniversário. Aquele álbum de viagem que eu poucas vezes olhei no meu laptop – será que eu teria olhado essas fotos com o mesmo ímpeto e interesse por detalhes?

Portanto, há, no mínimo, dois finais possíveis para esta história. Os dois podem, por sua vez, bifurcar-se em outras duas possibilidades e, assim, indefinidamente. Cada bifurcação apresenta uma escolha para mim, como narradora, e para você, leitor/leitora. Só assim para a gente começar a entender a narrativa do Borges. Seria o labirinto uma representação das infinitas possibilidades do correr da história e do correr do tempo?

Seria a minha narrativa uma abertura de possibilidades, que, apropriada por você no ato da leitura, poderia ser desdobrada em uma escrita caótica, que tentasse desvelar numerosas outras possibilidades para o correr dos acontecimentos no tempo e no espaço?

Ainda me pergunto: e se eu tivesse decidido não ir a Camden Town? – como poderia ter continuado minha busca sem a dica da procrastinação e, por tabela, do café Procaffeination? Que desdobramentos isso poderia ter para toda a história?

E se, durante minha viagem, eu não me lembrasse de referências que meus avós construíram durante nossa convivência, como a finta, por exemplo? E se eu não me lembrasse de quando vovó me falou sobre o conto do Borges?... E se eu não soubesse que, no labirinto, era preciso sempre virar à esquerda? Estaria eu agora perdida no labirinto das masmorras subterrâneas, perseguida por dois arapongas, aterrorizada pelos gritos fúnebres das *banshees*?...

Você percebe, leitor/leitora, que minha viagem todinha foi pautada pela memória – a mais recente e a mais antiga – que tenho da vida com meus avós? Percebe que a memória poderia ter me enganado e me levado a caminhos diferentes daqueles que percorri? Percebe que também a memória é uma série de possibilidades, assim como o tempo que passa e as decisões que tomamos enquanto vivemos no espaço relacionado com tudo isso? Também as personagens que encontrei nessa viagem deixaram aflorar suas lembranças a respeito de meus avós, também elas compartilharam memórias que me ajudaram a prosseguir. Tudo muito interessante, né?

Aliás, começo a pensar agora na experiência de escrita caótica, semelhante àquela mencionada no conto do Borges. Escrever uma narrativa contando sempre as duas possibilidades, bifurcando infinitamente a história, até não conseguir mais continuar. Será que é isso?

Bem, vamos ao final esperado, com a alegria dos reencontros e a tradicional resolução de todos os mistérios apresentados. Há respostas para todas as perguntas? Onde anda o tio Branco? Por que o número 817? O que tem a ver o sumiço da divindade Belenus? Por que meus avós sumiram durante três anos?...

Cada pergunta dessas tem, no mínimo, duas respostas, que levam a caminhos diferentes. Ah, são tantas possibilidades, não é verdade?

UM FINAL

Finalmente, eles passam pelo portão de desembarque do aeroporto de Edimburgo. Minha mãe e Gabe, ansiedade estampada nos rostos, correm para o abraço de meus avós. Um abraço longo, apertado, com algumas lágrimas e muitos sorrisos.

– Não chore, Angelina! Acabou, acabou... – dizia vovó, beijando sem parar minha mãe, enquanto vovô abraçava longamente o Gabe.

– Que menino lindo você se tornou, Gabe! Quanta saudade eu estava de você, da sua inteligência, da sua alegria, da sua sensibilidade. – Minha avó beijava Gabe chorando e molhando o rosto dele, que também não conseguia segurar o choro...

Ainda no aeroporto começaram as explicações dos dois. Sumiram porque estavam sendo ameaçados. O apartamento dos dois era uma ilha de lucidez e de pensamento independente, os dois tinham vida muito ativa durante a pandemia, divulgando nas plataformas da internet, para o Brasil e o mundo, os descalabros cometidos pelo governo do Brasil, o número de mortes. Mas não era só isso: os dois afirmavam que tudo estava acontecendo no âmbito de um projeto maior, para o qual as vidas que se perderam nos países pobres não importavam. "Vidas pobres não importam!", bradavam meus avós nas redes sociais, com denúncias documentadas e provadas.

Antes do sumiço eu havia alertado os dois algumas vezes, lembro-me bem. "Eu sei que nosso protesto atinge interesses poderosos", minha avó dizia, "mas alguém tem de fazer isso!" Daí começaram a chegar as advertências: primeiro, veladas, disfarçadas de conselhos de gente que dizia querer evitar aborrecimentos para meus avós.

Ela foi nos contando tudo, esses incluíam desde supostos amigos de longa data até desconhecidos que se apresentavam por mensagens de e-mail. E os dois sempre dedicando um tempo a explicar a essas pessoas os motivos que os levaram aos protestos e denúncias, muito educadamente, até... até que a insistência começou a incomodar, sempre baseada em vídeos e reportagens claramente manipulados – as famosas *fake news* –, eles perdiam a paciência e mandavam as pessoas às favas. (Pausa para lembrar um detalhe: não vou repetir aqui o palavrão que minha avó adorava dizer nessas situações, mas vocês podem imaginar, né?) Sério! Minha avó rompeu com uma amiga de juventude nessa situação!

Depois as ameaças começaram a ser explícitas. Certo dia meu avô atendeu ao telefone e uma voz distorcida foi logo dizendo: "quer morrer, velho safado?! Não? Então cala essa boca imunda!". "Quem é?", ele perguntava... Mas do outro lado só silêncio. Covardes e canalhas! Minha avó se indignava. Até que as ameaças começaram a ficar muito frequentes, e houve uma noite em que tentaram forçar a porta do apartamento dos dois. No dia seguinte, nenhum porteiro ou vizinho havia visto qualquer pessoa suspeita. "Será que são nossos próprios vizinhos a nos atormentar?", minha avó perguntava.

Tia Natty liga para minha mãe, que atende e passa para meu avô. Primeiro ele escuta uma bronca por causa do sumiço e tal. Depois ela cai no choro, lá no outro lado do mundo, intimando os dois a irem logo passar um tempo com eles, pois meus avós nem conhecem nossa priminha mais nova, Alice, que nasceu durante a pandemia. Vovô passa o telefone para vovó, que promete – olha a promessa de novo aí, gente! – ir lá brevemente e consola minha tia, chorando também com ela. (Pausa para uma impaciência: eu e Gabe estamos loucos para fazer nossas perguntas e temos de ficar assistindo a essas pieguices familiares. Afffeeee!)

Agora finalmente a curiosidade será satisfeita, com perguntas e mais perguntas sendo feitas.

Gabe, meu lindo irmão *geek*, começa. Parece que tem uma lista das principais questões.

– Vó, o número 817 tinha algum significado específico?

– Nada, foi só um número da chave que mandei pra sua irmã.

– Nada a ver com Belenus?

– Belenus? Que é isso?

– Uai, vó, da religião celta. Faltava um deus celta no altar do tio Branco. Nada a ver?

– Nem com os anjos de luz que esse número representa? Rebeldia, luta por justiça, anjos resplandecentes lutando por isso?

– Gente, quanta riqueza nessa pesquisa! Não, meu lindo, nada a ver. Nada. Só coincidência.

– Quer dizer que o escaravelho ter esse número em egípcio também foi só uma coincidência?

– Escaravelho? Qual?

– O seu, que você me deu há muito tempo, dizendo para usar no mês de agosto, lembra?

– Ixe! Lembro. Essa, sim, foi uma bela coincidência, sabe? Nem sabia desse número...

Agora eu e Gabe nos entreolhamos. Será que viajamos tanto assim ao tentar descobrir o que havia por trás das mensagens?...

– E o tio Branco, cadê ele? – pergunto.

– Ah – diz vovô –, ele estava aqui conosco até poucos dias atrás. Daí ligou para o Pierre e soube que você havia ido lá. Disse que isso era bom sinal, que ele agora podia voltar para o cantinho dele. E se mandou! Já está em casa.

(Pausa para desconfiança: como é que nosso tio ia perder esse reencontro, gente? Alguma coisa está mal contada nessa história de ele já ter ido para casa. Mas, por enquanto, vamos deixar esse detalhe de lado. Afinal, tudo é alegria agora!)

– Mas vou insistir: por que o deus Belenus desapareceu do altar na casa do tio, isso tem algum significado?

– Olha, eu sei que ele leva esse deus num cantinho da mochila quando viaja, porque se acha parecido com ele. Só isso. Você sabe como seu tio é místico, né?

Caramba! Nada, absolutamente nada do que Gabe e eu pensamos tinha a ver com as pistas deixadas por eles! É nisso que dá descambar para o esoterismo. Meus avós estão morrendo de rir das nossas sinapses!

(Pausa para mais uma desconfiança: essa partida do tio Branco tem alguma coisa de estranho, vocês não acham? Troco um olhar com Gabe, aposto que ele está pensando a mesma coisa!)

– E toda essa rede de bilhetes que vocês deixaram, essa trilha para eu seguir? Como foi essa ideia?

– Bem, a gente, junto com o Branco, mapeou os lugares onde você esteve na nossa viagem e até os lugares em que você não esteve mas podia ter visitado. Então gastamos algum tempo revisitando esses lugares e deixando os bilhetes. Deu trabalho, viu? Aliás, teve lugar que você não visitou para pegar o bilhete deixado. Mas entendo que não era possível adivinhar todos eles, né?

– Qual lugar, por exemplo?

– A chapelaria do Museu de História Natural de Londres. Mas era só uma bobagem, um bilhetinho com citação motivacional...

– E os post-its na parede do estúdio do tio Branco?

– Tudo isso foram pistas que você encontrou, querida, mas não fomos nós que plantamos. Elas simplesmente estavam lá! – diz vovó.

– Tinha um deles com os nomes de vocês e a palavra "amanhã". Como é que vocês viajaram para Paris? O tio Branco sabia e estava esperando os dois?

– Ele não apenas sabia – diz vovô –, como foi quem descolou carona para nós no jatinho dos médicos que abandonaram o Brasil no período mais crítico da pandemia. Eram todos cientistas que trabalhavam com transplantes e não podiam ficar no Brasil, porque os transplantes foram suspensos e eles estavam sendo perseguidos. Então se juntaram e alugaram um voo para Paris. Um deles é amigo do seu tio, daí...

– Por isso vocês nem levaram bagagem? – pergunta minha mãe.

– Sim, filha, por isso mesmo.

– E o seu carro, vó, o que foi feito dele? – pergunta Gabe.

– Ah! Essa é uma história à parte. Liguei para um ex-aluno de Beagá, que estava em trabalho temporário em Brasília, e combinei tudo com ele. Não queria viajar de ônibus nem de avião por causa da pandemia. Pedi que levasse meu carro para a casa dele, que eu avisaria o momento certo para deixá-lo em Araxá. Deixei a chave no guarda-volumes do aeroporto. Ele está apenas esperando meu sinal para levar o carro pro tio Lelo.

– Não acreditooooo! Cumprindo a promessa, hein, vó?

Todo mundo cai na risada, porque a história dessa promessa é antológica no folclore da família.

– Agora – diz minha mãe –, o mais importante: por que não nos avisaram quando sumiram? Vocês nos deixaram desesperadas, eu e a Natty.

– Porque sabíamos que vocês estariam ameaçadas se tivéssemos qualquer contato. Seu celular ainda está grampeado, filha! Para lhes dar notícias nossas, precisávamos antes nos livrar desses fanáticos extremistas, que nos procuravam havia quase dois anos! Daí tivemos a ideia de colocar a Sofia para nos rastrear, sabendo que eles a seguiriam. Só assim foi possível nos livrarmos deles!

Olho para Gabe e vejo um pouco de desapontamento no olhar do meu irmão. Investiu tanta imaginação na minha viagem que agora estava meio frustrado. Não houve nenhuma aventura de saga literária em tudo o que aconteceu.

– Frustrado, Gabe? – pergunto. – Você esperava que fosse uma verdadeira saga, né, maninho?

– Mais ou menos. Estou feliz por você achar nossos avós, mas eu queria que tivesse sido uma aventura mais emocionante.

– Mas foi, maninho! Sem você e o seu domínio da tecnologia, como eu poderia driblar os arapongas? Como eu poderia fazer tudo o que fiz sem você pesquisando, me dando dicas, monitorando os espiões, me ajudando a não ficar em pânico? Foi tudo muito emocionante, e muito dessa emoção foi por sua causa! Vem cá, deixa eu te abraçar, lindinhoooo!

– Falando nisso, que fim levaram os tais arapongas, Sofia? Ainda estão vagando no labirinto das Banshees? Hehehehehehe.

– Ah, já devem ter sido resgatados pela polícia. Vão ser deportados e denunciados ao novo governo do Brasil. Ufffaaa! Ainda bem que essa gente perdeu a eleição, né, querido?

– Gente! – diz vovó. – Que tal irmos a um restaurante, jantar e celebrar esse reencontro?

– Oba! Agora! Depois a gente vê como vai ficar o futuro!

* * *

É isso, leitor/leitora. Foi bom, mas acabou. Sobrou algum mistério ainda sem solução desta história toda? Se sobrou, use a imaginação e resolva você mesmo! Sugestões serão bem-vindas! (Você pode pensar que as músicas desta narrativa deveriam ser de gente mais jovem, como eu e meus amigos e amigas, mas veja: eu viajo é na *playlist* dos meus avós! É ela que uso para apresentar a música brasileira a minha turma na Irlanda.)

Ah! Em tempo: minha escolha de curso superior será medicina veterinária. Nada a ver com nada que você conhece de mim, né? Sou assim, imprevisível. Também, neta de quem, né?

(Aguarde o pós-créditos, parece que Stan Lee passou por aqui. Ou Hitchcock. Ou Borges.)

MAS...
SERÁ QUE É ISSO MESMO?

Acordo sonolenta com o toque do celular. Do outro lado da linha, minha mãe grita:

– Sofia! Como é que você some assim, por doze horas, sem dar uma notícia sequer?

– Como assim, mãe? Você não me viu ontem?

– Tá louca? Não me enrola, você sumiu! Sumiu!

– Calma, mãe, calma...

– Calma uma ova, se não fosse o Gabe me contar, eu nem saberia da história do *pub*! Você quase me deixa louca, filha!

– Não deu para eu te contar, mãe, foi tudo muito rápido. O bilhete no café Procaffeination, os arapongas me seguindo o tempo todo, a ida para o *pub*...

– Sim, já estou sabendo de tudo, porque seu avô me ligou hoje cedo. Não sabia se chorava ou ria, depois de tanto tempo. Eu e Gabe estamos dando pulos aqui.

– Vovô ligou? Por que não fez isso antes, então, mãe?

– Grampos, filha. Onde tem araponga tem grampo. Eles não podiam arriscar. Descobrimos que meu celular estava grampeado. Coisa de muito tempo. Eles fizeram o certo quando sumiram. Melhor do que serem sequestrados e levados para o Brasil.

Ela faz uma pausa, respira fundo.

– Onde você está agora, querida? No hostel?

Olho em volta. Não, aqui não é o quarto do hostel. Vejo um quarto com apenas a cama em que estou deitada. Sento-me rapidamente. Uma janela com cortina branca, um armário de madeira clara, uma cômoda igual, uma mesinha de cabeceira, paredes brancas e altas. Ué...

– Mãe, não sei onde estou. Que lugar é este? Vovô falou alguma coisa com você? Onde estamos?

– Filha, saia daí agora. Vá descobrir onde você está, pelamor!

– Calma, mãe, estou indo – digo, já me levantando. – Não desligue, fique na linha. Estou abrindo a porta...

– Sim, vá me dizendo o que você vê.

– Um corredor branco. Estou seguindo por ele, passo por um outro quarto, ninguém nele...

– Vai mais, filha, anda logo!

– Chego a uma sala ampla, separada de uma pequena cozinha por um balcão. Sobre ele, uma cafeteira fumegante. A sala está arrumada, tem um sofá e uma mesa de centro, sobre ela alguns jornais. Quero um café, mãe...

– Agora não, filha, primeiro você vai descobrir onde está. Os jornais! Dê uma boa olhada neles!

– São jornais italianos, mãe. *L'Unità*, *Corriere della Sera*...

– Sofia, você está brincando comigo?

– Juro, mãe! Já estou me sentindo estranha! Que diabo aconteceu?

– Abra a porta da sala! É apartamento ou casa?

– Apartamento, mãe – digo, abrindo a porta. – Tem uma escada aqui. Estou descendo. Chego na entrada do prédio, tem umas caixas de correspondência. Deixa eu ver, hummm, apartamento 101. Tem um nome aqui, mãe: Duarcci.

– Duarte?

– Não, mãe, com CCI. Duarcci!

– Abra a porta que dá para a rua, Sofia! E pergunte ao primeiro que passar onde você está.

– Peraí, mãe. Vai ouvindo aí. Vem ali uma senhorinha.

[...]

– Mãe, ela fala italiano. Diz que estamos em Livorno, Itália.

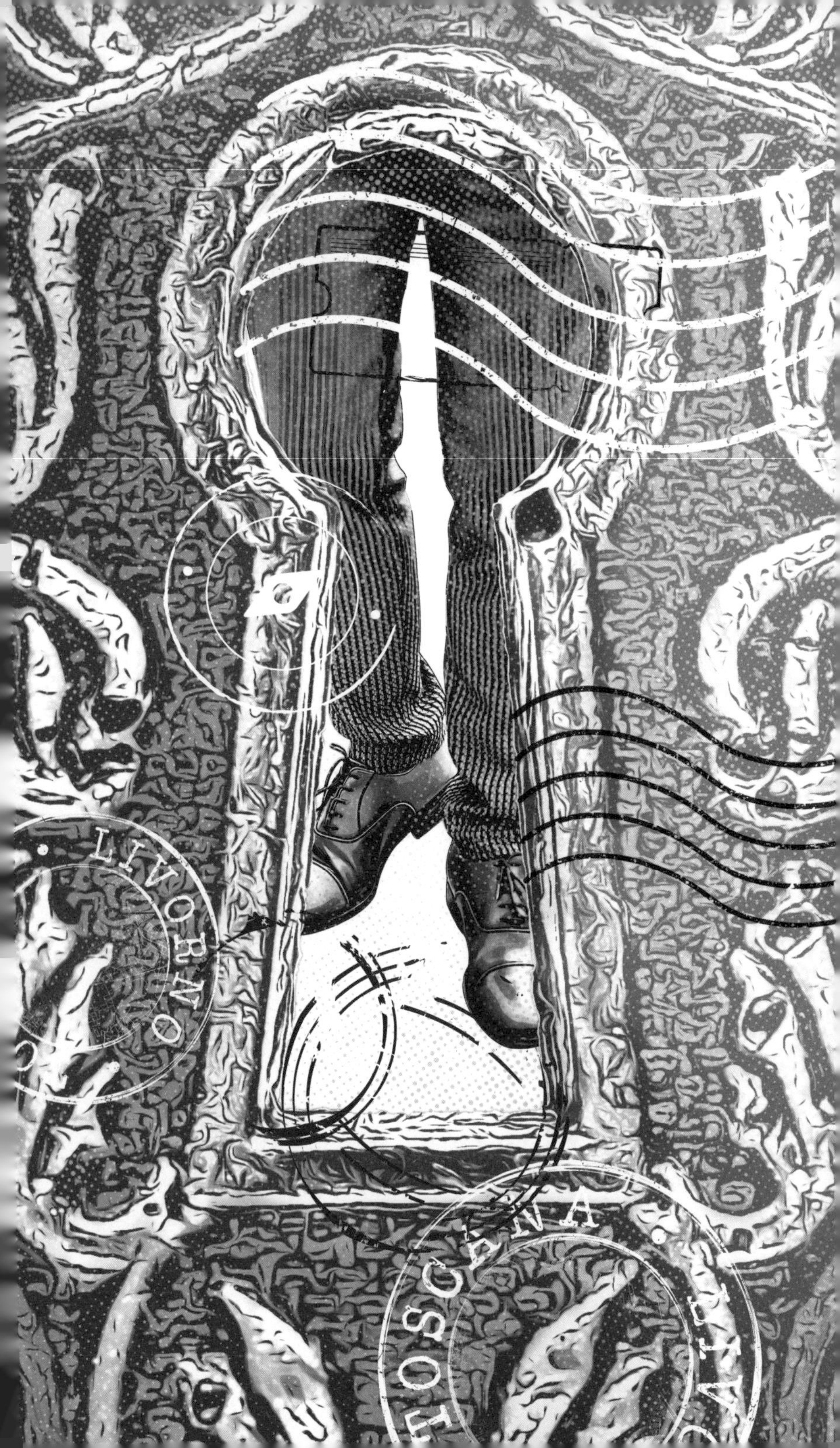
LIVORNO
TOSCANA

– Ah, minhas deusas! Então era isso…

– Isso o quê, mãe?

– Filha, volta para o apartamento e espere. Te ligo mais tarde. Beijo.

– Mãe? Mãe?…

E agora? Minha mãe, sua família e seus mistérios. Só me resta esperar…

Volto para o apartamento. Ouço a chave girar na fechadura. Estou sentada no sofá, com a xícara de café na mão, esperando. Vejo um senhor de barba longa e branca, embrulho de pão fresco em uma mão, jornal e ramalhete de flores amarelas na outra. Ele fecha a porta e me olha:

– Ah, você acordou!… Dormiu bem, queridinha? Achou o café, hein? Eu trouxe pão.

– Tio Branco?…

– Sim, queridinha… Que saudade! Sua avó e seu avô já vêm, eles foram ali comprar umas frutas.

A AUTORA

BEL (MARIA IZABEL) BRUNACCI é uma professora de português e literatura que adora viajar pelo Brasil e para outros países para conhecer novas culturas e modos de viver. Nasceu em Araxá-MG, mas vive em Brasília com o marido, Gilson. É mãe de duas filhas que escolheram morar muito longe, na Irlanda e na Austrália, países onde tem quatro netos e netas. Gosta de livros desde que foi alfabetizada e adora ler histórias para as crianças desde que as filhas eram pequenas. Sempre ficou fascinada com os voos da imaginação que os livros provocam. Por isso, resolveu ela também provocar a imaginação de outros leitores e leitoras ao contar a história narrada neste livro, que, embora explore elementos muito reais, é um passeio pela ficção e pela criação de possibilidades de múltiplas leituras.

A ILUSTRADORA

CHRISTIANE COSTA nasceu em Belo Horizonte, onde vive e trabalha. É designer gráfico formada pela UEMG e artista gráfica formada pela UFMG. Desde então, trabalha principalmente na área editorial, no desenvolvimento de projetos e como ilustradora.

Pelo grupo Autêntica, já ilustrou *Você é livre!*, *Nós 4*, *Amor e guerra em Canudos*, *Perdidos no tempo: dois brasileiros na Roma Antiga* e *O canto das sereias: dois brasileiros na Grécia Antiga*.

Para desenvolver as ilustrações deste livro, pôde contar com as fotos lindas da viagem que a autora fez com sua neta pelos países citados na história. Conta que adorou acompanhar a saga da Sofia para descobrir o paradeiro de seus avós, o que só foi possível sabendo se posicionar de acordo com seus princípios. Além disso, para costurar cada pista, foi necessário relembrar suas experiências, lendo as entrelinhas com um olhar de afeto e com maturidade para entendê-las.

Este livro foi composto com tipografia Electra LT Std e
impresso em papel Offset 90g/m² na Formato Artes Gráficas.